PENELOPE

www.editions-jclattes.fr

Sylvie Bommel

PENELOPE

JC Lattès

Maquette de couverture : Fabrice Petithuguenin

ISBN : 978-2-7096-6088-4

Première édition juin 2017.

Prologue

Quand Penelope pousse son premier cri à Abergavenny, je suis à Suresnes et j'ai déjà deux jours. Pour ses dix ans, Penelope reçoit un poney. Il a mauvais caractère. Pour mes dix ans, on me donne enfin une petite sœur (un poney, ce serait compliqué, mes parents ont déménagé à Paris) et une boîte à couture dans une petite valise en cuir blond que je peux emporter partout avec moi.

Le facteur m'apporte aussi une carte d'anniversaire qui nous concerne toutes les deux, Penelope et moi. Elle dit que les filles nées en juillet sont :

– Sociables.

– Observatrices.

– Bonnes (à côté, une poire est dessinée).

– Admirent les hommes (là, le dessin représente un monsieur en costume qui domine une toute petite bonne femme. Au-dessus de sa robe, elle a enfilé un tablier de cuisine).

Je suis très fière de ma carte.

Nous sommes en 1965.

Je fais la connaissance de ma presque jumelle en 2007 quand elle apparaît en catimini dans les portraits consacrés à son mari. Nous entamons toutes deux allègrement la cinquantaine mais pour le reste nos chemins ont divergé. Elle en est toujours à son premier mari, moi à mon deuxième. Elle a eu cinq enfants, moi deux. Elle s'essaie depuis peu à l'écriture, dans une revue littéraire chic. Moi je préfère la presse populaire au bon sens du terme, c'est-à-dire à grande diffusion. Après un petit tour de cinq ans chez Alcatel, j'ai bifurqué vers le journalisme parce que j'aime raconter les histoires des gens, de « vraies gens », selon l'expression à la mode ces derniers temps. Tant que j'étais dans la presse économique, il s'agissait surtout de salariés et de patrons. Depuis que je suis free-lance, je le réalise en commençant ce livre, ce sont les histoires de femmes, toutes sortes de femmes, qui me passionnent. Jamais je n'aurais pensé pourtant que je m'intéresserais un jour au destin de Madame Fillon. Au printemps 2007, lorsqu'elle emménage avec ses trois plus jeunes enfants à Matignon, je viens de poser la photo des miens sur mon nouveau bureau à la rédaction en chef du magazine *Capital*. Ce poste que j'adore dévore beaucoup de mon temps. L'épouse du nouveau Premier ministre ne capte pas mon attention plus de deux minutes.

J'oublie Penelope.

Jusqu'à l'automne 2016 où la Britannique au teint pâle reprend des couleurs. Bleu, blanc et rouge, les couleurs. À l'issue des primaires, François, son mari, vient d'être désigné candidat de la droite (et du centre) pour l'élection présidentielle. Au jeu des pronostics, il est le grand favori et son épouse a donc toutes les chances de devenir notre First Lady. Encore que, s'agissant de Penelope, le mot chance paraisse inapproprié ou alors elle cache bien sa joie. Ombre furtive et silencieuse, enveloppée dans un long manteau gris, elle semble perpétuellement à la recherche d'un endroit où se dissimuler, un pilier, l'arrière d'une tribune, le dos d'un garde du corps. Le peu qu'on voit d'elle indiffère ou agace. Elle n'est pas glamour, elle ne s'habille pas chez Dior, elle ne rentrerait pas dans un jean slim, elle n'a fait gommer aucune des rides de son âge. À défaut d'avoir eu un président normal, nous voilà donc bien partis pour une femme de président normale. Et pourquoi pas, après tout ? Après Cécilia, Carla, Valérie et Julie, cette perspective est presque reposante. On s'habitue à l'idée, en redoutant tout de même de s'ennuyer un peu.

25 janvier 2017. Comme nous avons été sots ! Et sans imagination surtout. Avec le sentiment d'avoir été dupés, nos esprits s'emballent : on aurait dû se méfier d'une Anglaise. Cette Penelope, trop discrète pour être honnête, est aussi terrifiante qu'un personnage hitchcockien. *Le Canard enchaîné* vient nous annoncer que, pendant des années, elle a encaissé énormément d'argent, parfois public à l'Assemblée nationale, parfois privé chez un riche et puissant ami de son mari, sans que personne ou presque l'ait vue travailler. Comme beaucoup, je mets à détester Penelope une ardeur d'autant plus vive que la veille encore, je m'apprêtais à l'aimer bien. Il m'arrive d'être un peu excessive.

Mais tout là-haut dans les cieux ou bien, selon certains, dans un cabinet noir situé à l'Élysée, il y a un scénariste talentueux. Pour prolonger le suspense, il exhume une vidéo vieille de dix ans dont on ignorait jusqu'à l'existence. L'enregistrement est accablant car Penelope y explique qu'elle n'a jamais travaillé. Pourtant, elle a l'air tellement fragile, et si malheureuse, qu'une partie de l'opinion se retourne. S'il y a un méchant dans cette histoire, c'est le mari, François, avec sa vertu en bandoulière et sa chevelure impeccable (devrait-on aussi se méfier des hommes bien peignés ?). Il l'aurait manipulée. Elle n'a rien vu venir. Et si ça se trouve, elle n'a même pas lu les contrats qu'on lui a fait signer. Pauvre Penelope…

Je ne suis pas sûre de la préférer dans ce rôle de victime plus ou moins consentante, ma sœurette du baby-boom. Mais alors qui es-tu Penelope ? Une étourdie, qu'il faudrait absoudre pour trouble du discernement ? Ou une Machiavel faite femme, coupable, derrière tes manières de dame patronnesse, d'avoir cédé à l'argent facile pour rénover ton manoir sarthois et nourrir tes chevaux ? Peut-être, que dans l'échelle des responsabilités, tu te situes au milieu du gué, dans une zone grise, celle de l'épouse qui a choisi de fermer les yeux pour ne pas entraver la carrière de sa moitié. Cela ferait tout de même de toi une comparse. Et si tu avais tout découvert en même temps que nous ? Une femme bien ne laisse pas tomber son mari, après trente-sept ans de mariage, surtout quand tant d'autres le lynchent. Tu serais alors une sorte d'héroïne. À moins – je jure que je n'exclus pas cette hypothèse – qu'une monstrueuse injustice se soit abattue sur toi. François a raison, tout est faux, c'est un complot. Vous n'avez rien à vous reprocher, ni sur le plan moral, ni sur le plan pénal. Dans ce cas, vous vivriez un martyre, et toi tu frôlerais la sainteté.

Ces questions, diront certains, ne présentent aucun intérêt. Eh bien moi, je pense tout le contraire. Le mystère Penelope dépasse le huis clos de son couple. Il nous parle des femmes de sa génération, de leurs rapports aux hommes, ou au moins à un certain type d'hommes, de l'amour, oui de l'amour, mais aussi de la lutte pour le pouvoir, et de tout ce qu'on est prêt à lui sacrifier. Il nous parle, *in fine*, de politique, avec un petit comme un grand P.

Il en va ainsi à chaque fois que la vie de ceux qui nous gouvernent ou aspirent à le faire sort un tant soit peu de l'ordinaire. Ce que ces épisodes provoquent de haine, d'envie, de passion, de dégoût ou de pitié nous en apprend aussi beaucoup sur nous, les Françaises et les Français. Seuls les hypocrites prétendront rester de marbre face à ce genre de psychodrame.

Pour ma part, oui, je le reconnais, j'ai acheté le livre de Valérie Trierweiler, *Merci pour ce moment*[1],

1. Les Arènes, 2014.

le jour même de sa parution et je peux passer une soirée entière à défendre l'idée que la façon dont François Hollande a congédié sa compagne n'est pas pour rien dans sa chute dans les sondages, laquelle a entraîné sa chute tout court. Et oui, j'ai fait partie de ceux, ma famille en est témoin, qui, un an déjà avant les événements survenus dans la suite 2806 de l'hôtel Sofitel de New York, pensaient que jamais Dominique Strauss-Kahn ne réussirait à atteindre le cap des élections sans se faire rattraper par ses frasques sexuelles. Mais ces choses-là, disait-on alors, ne doivent pas s'écrire.

Si on en juge par les événements récents, je ne suis pas la seule à penser que le programme d'un candidat ne suffit pas à le définir. Ni donc à gagner ma confiance. Avant de glisser un bulletin dans l'urne, j'ai besoin aussi de connaître l'homme ou la femme qui l'appliquera (ou pas). En août 2014, une petite phrase glissée dans l'un des premiers portraits consacré à Emmanuel Macron, ce jeune et sémillant énarque tout juste nommé ministre de l'Économie, m'apprenait qu'il était marié à une femme d'une vingtaine d'années son aînée, rencontrée alors qu'elle était son professeur de français en première. Dès que j'en ai eu l'occasion journalistique, je suis allée arpenter Amiens pour essayer de comprendre cette love story hors normes qui, à l'époque, se cachait encore.

La politique ne fait pas de sentiment. Mais l'argent, le pouvoir et le sexe (ou le mariage) font tourner le monde. Et la timide Penelope a chamboulé l'une des élections les plus importantes de ces dernières années. Aussi, dès ces fatales vingt-quatre heures de janvier 2017 où elle a vu son prénom accolé à l'infamant suffixe *gate*, le même qui avait fait chuter le président Nixon quand elle n'avait pas encore vingt ans, j'ai décidé qu'une histoire aussi romanesque devait être racontée. J'ai interrogé des dizaines de témoins, inspecté les lieux du « crime » présumé, épluché des kilos de documents. À la Grande Bibliothèque, j'ai bataillé avec des bobines de microfilms pour lire les vieux numéros du *Maine Libre* et de *Ouest-France* à la recherche de « Penelope, assistante parlementaire ». Je suis allée en Angleterre et dans la Sarthe où elle a grandi puis vécu pour marcher dans ses pas. J'ai approché ses amis tout autant que ses ennemis. J'ai vécu avec elle, presque nuit et jour. Je me suis demandé si elle devait ou non monter sur l'estrade du Trocadéro. J'ai trouvé le temps long pendant ses douze heures d'audition chez le juge Tournaire. J'ai imaginé les pesants dîners de famille quand les parents étaient mis en examen et deux enfants menacés de l'être. J'ai détesté mon mari quand je trouvais que François la traitait mal, j'ai détesté Penelope quand elle se laissait maltraiter. Comme elle, je me suis mise à m'habiller n'importe comment, non sans y trouver une forme de liberté.

« Alors, tu vas la voir ? » me demandaient mes amis, pleins d'espoir, semaine après semaine. Cela me contrariait de les décevoir. Bravache, je répondais que Sofia Coppola n'avait jamais rencontré Marie-Antoinette et que cela ne l'avait pas empêchée de faire un film intéressant. Je ne sais pas pourquoi Marie-Antoinette m'est venue à l'esprit, il ne faut pas y voir malice, je ne fais aucune analogie entre l'Autrichienne et la Galloise. À cette dernière, bien sûr, j'ai écrit comme à son avocat, comme à la cohorte des conseillers, des communicants qui ont œuvré pendant la campagne pour expliquer que je me lançais dans ce livre, sans a priori, ni à charge, ni à décharge. J'attends toujours une réponse.

Ce silence est son choix, il ne me gêne pas. Je ne suis pas le juge Tournaire, je n'ai ni son expertise, ni ses obligations, ni surtout la lourde mission de rendre justice.

Je préfère de loin le rôle de Miss Marple, cette détective à la mode britannique qui se met à la place de l'assassin ou de la victime pour essayer de résoudre l'énigme.

J'ai voulu comprendre comment l'ex-petite Anglaise est devenue l'un des personnages principaux d'un drame si typiquement français. Par quelles volontés, par quels hasards. Je me suis souvent arrêtée aux petits carrefours des existences, que l'on croit, à tort, insignifiants. À ces bifurcations de la vie où Penelope Fillon a choisi le chemin qui l'a amenée à cette incroyable situation : être celle par qui le scandale arrive, elle la plus discrète des femmes. Et empêcher celui auquel elle avait tout donné d'entrer à l'Élysée

Dans ce périple, j'ai trouvé, je crois, quelques indices. Assez en tout cas pour affirmer comme le fait dire Agatha Christie à sa Miss Marple : « Mon cher, il n'y a rien que vous puissiez me dire sur la nature humaine qui me surprendra. »

1.

Bombe à retardement

Pourquoi le 18 mai 2007 Penelope transgresse-t-elle les vœux de silence qu'elle respectait depuis toujours sans difficulté aucune ? Tout simplement, sans doute, parce que Kim Willsher du *Sunday Times* le lui a demandé gentiment. Et parce que la journaliste aussi est une Anglaise mariée à un Français.

La veille, le mari de Penelope a été nommé Premier ministre. Elle estime l'avoir un peu aidé à en arriver là, même si personne ne semble le remarquer. À une compatriote, elle pourra en parler sans paraître arrogante.

Les deux femmes se sont donné rendez-vous dans un café près de l'appartement qu'occupent encore pour quelques heures les Fillon. Les cartons sont faits, demain ils emménageront à Matignon. La conversation s'engage à bâtons rompus, *small talking* diraient les Anglais. Souvent, les phrases de Penelope butent sur de mystérieux points de suspension tandis que son regard s'échappe vers des contrées qu'elle seule connaît. Pendant près d'une heure, elle évoque les prairies de son enfance, sa rencontre avec François, ses études, son blues de femme au foyer, la vie qui passe, ce qu'elle aurait pu devenir si les choses avaient tourné autrement. En repartant chez elle à pied et, pour la dernière fois des cinq années à venir, sans garde du corps, Penelope est plutôt contente d'elle. Ce n'est pas si difficile finalement de s'exposer un peu à la lumière.

On ne devrait jamais forcer sa nature. On ne devrait jamais s'écarter de son chemin, même une seule fois. Si on s'égare, si un accident aux séquelles irréversibles survient, on s'en voudra toute sa vie de ne pas avoir été fidèle à soi-même. Ce jour de printemps, Penelope Fillon fait une exception. La femme qui jusque-là ne murmurait qu'à l'oreille des chevaux se confie à un être humain. La modeste se met un peu en avant. La provinciale joue à la Parisienne. Une audace qu'elle va payer cher.

Bombe à retardement

Elle vient de fabriquer une bombe à retardement qui explosera sous les pieds de son mari dix ans plus tard au moment où il entame la dernière ligne droite qui mène à l'Élysée. L'entretien a été filmé, les propos tenus sont incontestables. À ce jour, on n'a retenu qu'une approximation de Penelope, le moment où elle dit : « Je n'ai jamais été l'assistante de mon mari ou quoi que ce soit de ce genre ».

Pourtant Penelope se trahit à quatre autres reprises. À l'époque de l'interview, nous l'avons appris depuis, elle est l'assistante parlementaire de Marc Joulaud, le député de la Sarthe qui a suppléé François à cette fonction. Pour ce job, qu'elle exerce depuis cinq ans et qu'elle conservera encore trois mois, elle touche mensuellement 6000 euros net. Pourtant, quand au tout début de la rencontre, son téléphone sonne, elle s'excuse auprès de la journaliste en ces termes : « Désolée, c'est probablement un de mes enfants qui m'appelle ». Elle dit : « Un de mes enfants ». Pas « mon patron », « le bureau », « un élu » ou « la secrétaire de Marc ».

Un peu plus tard, Kim lui demande ce qu'elle fait de ses journées. Réponse : « Il y a toujours des choses terriblement ennuyeuses à faire mais Paris est un endroit merveilleux pour les expositions ». Il semblerait que Marc Joulaud ne soit pas un employeur très exigeant.

Dans une séquence émotion, Penelope déplore ensuite que ses enfants la voient seulement comme une mère. Elle pourrait fort bien leur rétorquer : « Eh là, moi aussi, je bosse. Je gagne même plutôt bien ma vie. 72 000 euros par an, ce n'est pas si mal, tout le monde ne peut pas en dire autant. » Au lieu de cela, elle leur répond : « Vous savez, j'ai un diplôme de français, j'ai fait du droit, j'ai un diplôme d'avocat, je ne suis pas si stupide. »

Assurément, Penelope n'est pas stupide. Avocate, j'en suis beaucoup moins sûre, même si François s'appuiera sur ce diplôme pour justifier le montant des émoluments qu'il lui a versés. « Salaire parfaitement justifié pour une personne diplômée de droit et de lettres », dira-t-il lors de la première conférence de presse suivant le début de l'Affaire.

Quelque chose ne collait pas dans les dates, c'est ce qui m'a mise sur la piste. Entre ses premières études de lettres et le moment où elle est arrivée en France, il aurait fallu que Penelope décroche son diplôme d'avocate (de *solicitor*, très exactement, c'est le terme qu'elle emploie dans l'entretien) en moins de deux ans, ce qui, même avec des équivalences, paraît bien court. J'ai donc interrogé l'université de Bristol où Penelope a étudié le droit ainsi que le Solicitors Regulation Authority, un organisme basé à Birmingham qui recense tous les avocats d'Angleterre et du pays de Galles. Ni l'une, ni l'autre n'ont dans leurs fichiers de Penelope Clarke (ou Fillon) de cet âge-là qui soit diplômée de droit ou avocate.

C'est le problème quand on se met à parler, parfois on arrange un peu la vérité. Penelope n'a sans doute pas eu le temps de terminer ses études avant de rejoindre son french lover. Et s'il n'y avait que la première cachotterie qui coûte ?

2.

Le mystère des origines

En général, quand quelqu'un évoque ses racines, qu'il soit corse, breton ou béarnais, c'est pour souligner toutes les qualités attribuées à ce peuple et, éventuellement, quelques défauts tellement mineurs qu'ils sont en fait des qualités. Une tactique communément utilisée également par les candidats que ce soit à la présidentielle ou à un autre genre de CDD. En compilant les différentes déclarations de Penelope, on apprend donc que les Gallois sont des gens résistants, courageux, obstinés et têtus. Ségolène Royal résumerait sans doute tout cela en « bravitude ». Je ne suis pas certaine qu'on puisse démontrer que les Gallois sont plus endurants que les Siciliens ou les Andalous, sauf peut-être à la pluie, mais allez savoir comment se crée une légende.

Penelope Clarke naît le 31 juillet 1955 à Abergavenny (*Y Fenny* en gallois). Où est-ce ? À l'époque, nulle part. D'où une valse-hésitation quant à ses origines.

En novembre 2015, dans une interview organisée pour promouvoir le livre[1] sobrement intitulé *Faire* que vient de publier François Fillon, son épouse se déclare mi-galloise, mi-anglaise. Un an plus tard, le quotidien *The Times* l'interroge à nouveau sur le sujet. Cette fois-ci, prudente comme une Normande, elle répond : « Quand je me présente, je dis que je suis britannique ». Un peu plus loin, elle ajoute : « François dit que les Français préfèrent les Gallois ». Du coup, je me demande, ce n'est certes qu'une hypothèse sortie d'un esprit journalistique donc mal tourné, si le dit François ne lui a pas suggéré, dans la perspective présidentielle, de pencher désormais du côté gallois. En plein Brexit, une Galloise, c'est assurément plus populaire qu'une Anglaise. Plus original aussi, plus celtique, plus proche de nous. Ensuite, elle n'en démordra plus. Dès la première question

1. Albin Michel.

de la première interview donnée après le début du Penelopegate, elle explique qu'elle se protège en se renfermant dans sa coquille galloise.

Galloise ou anglaise ? C'est tout de même embêtant de commencer une biographie avec une telle imprécision. Creusons donc le sujet, quitte à faire un petit détour historique. Au départ de l'action, disons au Moyen Âge sinon on n'en a pas fini, nous avons de petites seigneuries indépendantes qui règnent sur Les Marches, une région de l'ouest plutôt montagneuse, du moins à l'échelle locale puisque le plus haut sommet, le mont Snowdon, dépasse péniblement les mille mètres. En 1535, Henri VIII un peu inquiet du désordre qui règne dans le coin, décide de l'annexer à l'Angleterre, ce qui à quelques exceptions près ne suscite guère de réactions. Le souverain décide de découper son nouveau territoire en plusieurs comtés, dont certains préexistaient comme le Monmouthshire où se situe Abergavenny, la ville natale de Penelope.

Sept ans plus tard, un nouvel acte royal trouve judicieux de mentionner la liste des comtés du pays de Galles et en oublie un, notre Monmouthshire, justement. Négligence d'un fonctionnaire ou volonté du roi, nul ne le sait, mais à partir de ce moment, le comté n'a plus de statut. Ses habitants ne sont ni anglais, ni gallois comme d'autres ne sont ni de droite ni de gauche, ce qui, on le comprend aisément, est assez inconfortable. Il faudra attendre la bagatelle de quatre siècles pour que le gouvernement conservateur de Édouard, dit Ted, Heath répare l'erreur et fasse, en 1974, du Monmouthshire un territoire indéniablement gallois.

Oui mais alors Penelope, née en 1955, elle est quoi ? Les historiens refusant de se prononcer clairement, j'ai appelé mon amie Maeve, une Irlandaise charmante tant qu'on ne la traite pas d'Anglaise, qui a fait toute sa carrière à la Commission européenne à Bruxelles. Autant dire qu'elle est la personne idoine quand on cherche des ressortissants d'une zone précise de la vaste Europe, puisqu'elle en a toujours un échantillon à proximité. En moins de temps qu'il n'en faut à un Irlandais pour descendre une pinte de Guinness, Maeve a donc trouvé dans son carnet d'adresses le profil que je recherchais, Rosemary. Une Galloise pur jus, elle, elle ne me l'a pas envoyé dire. Penelope en revanche… « Une personne qui est originaire d'Abergavenny ne peut en aucun cas se revendiquer comme galloise », écrit Rosemary dans notre premier échange de mails. Elle est catégorique : avant les années 1970, le Monmouthshire c'était au mieux le Monmouthshire. Au pire, un morceau d'Angleterre.

On n'imagine pas de ce côté-ci de la Manche à quel point cette affaire dans l'« Affaire » passionne les Britanniques. Au moment où la France s'interroge sur la probité d'un des favoris à la présidence de sa République, eux s'écharpent sur un point majeur : l'épouse de Mister Fillon est-elle ou non galloise ? Sur le site d'un quotidien anglais, un premier lecteur affirme qu'il a des amis de l'est du Monmouthshire (si on commence à rentrer dans ce degré de détail, ça va vraiment se compliquer) qui refusent encore de se considérer comme gallois « malgré la « réorganisation désastreuse », je cite, de Ted Heath. Un deuxième réplique que pas du tout, lui, il est de là-bas et il se revendique gallois depuis toujours. Un troisième renchérit en prétendant que le Monmouthshire est gallois non pas depuis 1974, ni même depuis le XVIe siècle mais depuis la nuit des temps.

Histoire de conclure parce que je sens bien que, sous sa politesse britannique, elle commence en avoir marre de mes questions, Rosemary tente une dernière définition. C'est simple : est galloise toute personne qui, lors d'un match de rugby dans lequel joue l'Angleterre, supporte l'équipe adverse. Elle aurait pu le dire plus tôt ! Parce que, sur ce point,

Penelope s'est clairement prononcée en 2008. « Je n'ai aucun doute sur le côté où penche mon cœur quand je regarde un match de rugby. Rien que d'entendre les voix masculines des chœurs gallois, j'ai la gorge serrée. Et j'ai la capacité très galloise à montrer mon émotion. Rien à voir avec le flegme anglais ». On savait les Gallois braves, les voici maintenant émotifs.

Galloise, donc. Le débat paraissait clos jusqu'à ce que je consulte Hervé Picton. Ce professeur de civilisation britannique à l'université de Compiègne ne s'offusque pas que je le dérange (je me demande même si ça ne l'amuse pas un peu) avec mes questions ingénues sur les subtilités locales. « Contrairement aux Écossais, annexés il est vrai 170 ans plus tard, les Gallois n'ont pas aujourd'hui de revendications d'indépendance, m'explique-t-il. Mais paradoxalement, ils sont beaucoup plus attachés à leur langue et à leur culture que leurs cousins du nord de l'île. On estime que 20 % des Gallois parlent le gallois contre 2 à 3 % seulement des Écossais, le gaélique, autre langue celte, ou le scot, un dialecte dérivé de l'anglais. » Voilà une information très perturbante car Penelope ne parle pas un mot de gallois. Pire que cela, les panneaux de signalisation écrits dans les deux langues l'agacent, elle trouve que cela les rend difficiles à lire. Comme attachement à la langue de ses ancêtres, on fait mieux.

Surtout qu'elle exagère un peu. Certes, à l'approche des carrefours, de grandes lettres blanches sont peintes sur la chaussée, SLOW en anglais puis WARF en gallois, mais on parvient tout de même aisément à saisir le message d'autant qu'il est répété avant chaque rond-point, c'est-à-dire à peu près tous les 800 mètres (s'il est vrai comme certains l'affirment en France que la construction de ronds-points est un truc des maires pour toucher des commissions, alors le niveau de corruption des élus britanniques est abyssal).

Dans le Monmouthshire, il n'y a pas que les routes qui sont bilingues. Au pub Kings Arm d'Abergavenny, un autochtone me montre son permis de conduire pile gallois, face anglais. Il en va ainsi de tous les actes officiels, insiste-t-il, plutôt fier. Son copain de comptoir n'est pas d'accord, il trouve que ces fantaisies coûtent bien cher, que c'est de l'argent fichu en l'air, on devrait être plus soucieux des deniers publics, etc. Il faudrait que je lui présente François Fillon, ils sont faits pour s'entendre.

La cohabitation entre le pays de Galles et le pouvoir central n'a pas toujours été paisible.

Rosemary, toujours serviable, rappelle qu'à plusieurs reprises la pratique de la langue galloise a été interdite. Le jour où son grand-père a pris un emprunt, on a exigé qu'il mettre une croix en lieu et place de sa signature galloise. Je suis tombée un peu par hasard sur un autre épisode qui témoigne de ces tensions. Penelope m'avait intriguée avec ces histoires de chœurs d'homme qui lui font monter les larmes aux yeux, j'ai eu envie d'en écouter. Pas un problème pour Google, qui m'amène illico *via* youtube à un extrait en noir et blanc du match de rugby Pays de Galles/France du 23 mars 1968 à l'Arms Park de Cardiff.

« La pluie est battante, le vent glacial, le terrain un champ de boue », précise d'emblée ce bon vieux Roger Couderc. Devant les joueurs immobiles dans leurs beaux maillots tout propres mais plus pour longtemps, on joue le *God Save the Queen*. Agitation dans les tribunes, les sifflets montent au point de couvrir la musique. Roger s'étonne puis devient muet, on devine qu'il doit être en train de se renseigner hors micro auprès de ses collègues des chaînes anglaises. Il reprend : « On me signale à l'instant que les Gallois manifestent violemment contre le *God Save the Queen*. C'est la première fois qu'on voit ça ! » Mais voici qu'un autre chant s'élève des tribunes. Le commentateur, cette fois, comprend tout seul. « C'est l'hymne gallois, *Land of my fathers.* » Sa voix déjà éraillée se casse d'émotion. « Et là tout le monde chante. Là, c'est vraiment formidable. Je n'ai jamais vu ça, ici à Cardiff ! » Il est transporté, Roger.

Penelope a raison, ces voix mâles en train de chanter le vieux pays de leurs ancêtres sont bouleversantes. La tradition en vient du temps où la région comptait de nombreuses mines de charbon. Pour éviter que les mineurs n'aillent se saouler au pub, les pasteurs les avaient enrôlés dans des chorales. Un religieux avait même inventé une méthode dans laquelle le chef de chœur indiquait les notes par des gestes parce que, on s'en doute, peu de mineurs gallois avaient eu le loisir d'apprendre le solfège dans leur enfance.

3.

Abergavenny

« Je ne suis qu'une paysanne », aime à dire Penelope. Le coup des origines modestes et rurales, on nous l'a tant fait que cela mérite vérification. Surtout au moment où l'on apprend que la campagnarde a perçu pendant des années une rémunération de New-Yorkaise. Direction Abergavenny donc à la recherche des origines de Madame Fillon.

Ses grands-parents maternels, Miss et Mister Jones, vivent de l'élevage. En contrepartie d'importantes précipitations en toutes saisons (euphémisme poli que j'ai emprunté au Lonely Planet), la région bénéficie de pâturages exceptionnels. À LLanover, un village à quelques kilomètres d'Abergavenny, la vaste ferme des Jones, Neuadd Farm, est plantée seule au milieu des collines. On travaille dur, on n'est pas pauvre mais très loin d'être riche surtout que sur la table, il y a dix assiettes à remplir. La mère de Penelope naît en 1930, elle s'appelle Glenys, comme beaucoup de Galloises mais on doit être dans une de ces périodes où le pouvoir central est insensible aux particularismes régionaux car dans les archives du comté, la naissance est enregistrée sous sa forme anglicisée, Gladys.

Quoi qu'il en soit, devenue grande Glenys/Gladys Jones opte pour son prénom gallois tout en se choisissant un fiancé anglais, un vrai, venu d'Angleterre, Colin Clarke. Ils se marient et ont beaucoup d'enfants.

La première naît quelques jours après le vingt-cinquième anniversaire de sa maman. Et la valse des prénoms continue. Est-ce pour assurer la paix du ménage ? On lui en attribue un d'origine… grecque, Penelope qui en anglais s'écrit sans accent et se prononce Penelopi. Dans la famille Clarke, il est aussitôt transformé en surnom quasi officiel, « Penny » » (un peu comme les Robert outre-Manche deviennent presque systématiquement Bob). Souvent, au même titre que les Philippa, les Jane ou les Laura, les Penelope sont issues des bonnes familles, à la manière des Hortense ou des Louise, chez nous. Et comme, en Grande-Bretagne plus encore qu'en France, la manière dont on vous a appelé détermine votre place dans la société, et notamment vos chances d'admission dans une école élitiste, les parents cherchent parfois à anoblir un patronyme banal, ce qui est le cas de Clarke, avec un prénom plus stylé.

Prévoyants, Glenys et Colin ! Comment auraient-ils pu anticiper que le choix fait au-dessus du berceau de leur petite fille deviendrait, près de soixante ans plus tard, matière à quolibet lors de joutes électorales, qui plus est françaises ? À croire qu'une mauvaise fée leur a soufflé l'idée pour ajouter un peu plus de ridicule à la triste farce de qui va se jouer lors de l'Affaire. Dans la mythologie grecque, Pénélope attend son guerrier de mari, Ulysse, sagement à la maison pendant vingt ans et incarne donc le modèle de l'épouse vertueuse. Peut-on en vouloir aux Français d'avoir fait le rapprochement ? Cela étant dit, il est également possible de se reporter au *Guide des prénoms*, certes moins glorieux que l'*Iliade* et l'*Odyssée*, mais néanmoins intéressant. Précision à l'intention du juge Tournaire auquel cet élément à décharge a peut-être échappé, les Penelope, affirme cet ouvrage, sont de « grandes travailleuses, dynamiques et ambitieuses ». D'un autre côté, s'il creuse trop cette histoire de prénom, le juge risque de découvrir que l'assistante de James Bond s'appelle Miss MoneyPenny et cela risque de l'influencer négativement.

Penelope marche encore à quatre pattes quand sa petite sœur, Jane, voit le jour. Arrivent ensuite Kim (sans doute un diminutif de Kimberly), Sara et (enfin ?) un garçon, Jason. Du haut de ses huit ans, Penelope est l'aînée d'une fratrie de cinq. Il en faut de la place pour loger tout ce petit monde. Les Clarke habitent près de la gare dans une bâtisse imposante mais sans charme, de style néo-victorien (enfin surtout néo) avec ses bow-windows, ses fenêtres à guillotine et son toit en ardoises. De sa chambre, Penelope peut à la fois entendre siffler le train et chanter les oiseaux, la maison est entourée d'un grand jardin, presque un parc. Rien de très huppé cependant. À Abergavenny, la pleine nature est toujours au bout de la rue. Les enfants ne manquent pas de terrain de jeux.

Pour aller au collège, Penny aura le choix. Elle peut traverser le petit centre-ville, passer par le terrain de rugby ou faire un joli détour le long de la rivière Usk, si riche en saumons. Elle a onze ans et enfile pour la première fois l'uniforme de l'école secondaire d'Abergavenny, le King Henri VIII

College. Jupe noire de longueur réglementaire au milieu du genou, pull noir, veste noire agrémentée, sur la poche poitrine, du blason de l'école, une fleur de lys, cravate rayée noir et jaune. Même tenue pour les garçons, à part la jupe, évidemment. Nous sommes au Royaume-Uni, l'uniforme est la norme dans toutes les écoles, même publiques.

Pourtant, deux ans avant 68, pas si loin de Paris et encore plus près d'Abergavenny, la jeunesse respire les premiers effluves de liberté. Dans la capitale anglaise, le Swinging London est l'épicentre d'un renouveau artistique et culturel qui tourne définitivement la page de l'après-guerre. Penelope écoute-t-elle *Yesterday* en boucle ? Probably. La Beatlemania est à son sommet. Elle monte tellement à la tête de John Lennon qu'il déclare à la presse américaine que son groupe est plus populaire que Jésus, ajoutant même que le christianisme pourrait bien disparaître avant le rock'n roll. À ce jour, les deux ont survécu mais pas John.

Du côté de Carnaby Street, Mary Quant invente la mini-jupe qui, surtout si elle est portée avec des bottes à laçage croisé de la même styliste, devient la tenue réglementaire des filles sexuellement libérées. Mais il n'y a pas que le sexe dans la vie pour s'émanciper. Une nouvelle série britannique, « Chapeau melon et bottes de cuir », inscrit pour la première fois en haut du générique une femme dont la fonction n'est pas de servir de jouet au héros masculin. Emma Peel est spécialiste de kung-fu ou de judo ou de karaté, ou les trois à la fois, je ne sais plus. Elle est intelligente, douée pour les sciences et incollable sur la physique quantique. Elle n'a peur de presque rien et ne pleure jamais.

Bref, elle est comme un homme. Voire mieux.

Dans la vraie vie, forcément, les évolutions sont plus lentes. Mais tout de même. Les pères de famille de la middle class britannique et de son équivalent, la petite bourgeoisie française, se répartissent en deux catégories (je parle des pères parce que ce sont encore eux qui décident, il ne faut pas exagérer, non plus). Les premiers se moquent comme de leur première chemise que leur fille fasse des études poussées. Sans le dire ouvertement parce qu'ils sentent bien que le vent est en train de tourner, ils veulent juste qu'elle soit assez dégourdie et docile pour attirer un garçon de bonne famille, fortuné si possible. Les seconds sont convaincus qu'ils doivent traiter leur fille comme leur fils, du moins en ce qui concerne la scolarité parce que pour le reste, en particulier le degré de flirt autorisé avant le mariage, il leur reste encore un peu de chemin à parcourir.

Par chance, l'Anglais Colin et le Français Edgar, nos pères à Penny et à moi, appartiennent à la seconde catégorie. L'un comme l'autre ne doivent leur réussite sociale qu'à leur travail, ça doit aider à adopter une vision progressiste des choses. Colin Clarke exerce la profession de *solicitor*, ce qui pour nous, serait à mi-chemin entre notaire et avocat. « Un énorme travailleur », me dit Bob Lloyd. J'ai rencontré Bob au club de golf où il venait assister à une réunion du Rotary (cercle exclusivement masculin, du moins à Abergavenny, il y a quand même des bastions qui tiennent bon, c'est rassurant). Bob LLoyd rencontre Colin Clarke à la fin des années 1960, quand il décide de profiter des aides offertes par le pays de Galles pour y déménager son usine de confection. Beaucoup de terrains à acheter, de conflits de voisinage à régler, des élevages d'oies à exproprier pour agrandir les ateliers... Colin s'occupe de tout cela dans son petit bureau encombré de Cross Street, la rue principale d'Abergavenny. Petit ? « Oh oui, je ne crois pas me souvenir que Colin ait jamais réussi à garder un associé, se souvient Bob. Il bossait seul avec une secrétaire et à l'époque, il y en avait des paperasses. Pas de photocopieuses, juste du carbone pour obtenir trois exemplaires. Et si en voulait plus ou bien modifier une ligne, il fallait tout retaper ». Colin Clarke n'est pas l'avocat le plus rapide de la ville mais Bob a confiance en lui.

Donald, mon nouvel ami du pub d'Abergavenny, confirme : « C'était un homme simple et affable, les gens l'aimaient bien. Tout le monde l'appelait Colin. D'ailleurs, il me semble qu'il a été le président du Rotary en… (il sort son petit carnet de membre où sont listés les noms des présidents depuis la nuit des temps) c'est ça, en 77/78. Le pauvre, il est mort assez jeune, il y a longtemps, peut-être une vingtaine d'années ». Quand je lui demande s'ils étaient amis Colin et lui, Donald ne répond ni oui ni non, seulement qu'ils buvaient des pintes ensemble. Je ne mesure pas bien à quel degré d'intimité correspond cette pratique, assez en tout cas pour parler de ses enfants puisque Donald en est sûr et certain : Colin était très fier de ses filles.

S'agissant de Penelope, Alan Breeze considère qu'il y avait de quoi (les sœurs l'ont moins marqué, il ne s'en souvient pas). Cet ancien maire d'Abergavenny est professeur d'anglais et d'allemand au College King Henri VIII quand l'aînée des Clarke y démarre sa scolarité. Alan embarque souvent ses élèves dans des voyages scolaires à Beaupréau, la ville du Maine-et-Loire avec laquelle Abergavenny est jumelée. Penelope, c'est l'élève modèle.

Sérieuse, sage et intelligente. Déjà, elle ne se faisait jamais remarquer, parlait peu. Timide ? Peut-être, Alan ne peut pas l'affirmer. Pensive, plutôt. Et *travailleuse*, il insiste.

Penny la studieuse décroche sans problème son bac littéraire. Après ? Ce sera l'Université, papa y tient, elle aussi. Reste à choisir laquelle. D'abord, elle se dit qu'elle a le droit de faire quelque chose qui lui plaît avant d'être obligée de se former à un métier, ce qui, en passant, dénote une vision assez austère du monde du travail. Comment lui en vouloir ? *Michelle, ma belle* sont peut-être deux mots qui vont très bien ensemble mais ce n'est pas le cas, pas encore, de femme et carrière.

La France de George Pompidou vient seulement de se décider à transposer dans son Code du travail une convention internationale qu'elle a pourtant ratifiée depuis vingt ans et qui affirme le principe d'égalité de rémunération entre la main-d'œuvre masculine et la main-d'œuvre féminine pour un travail de valeur égale. Le Royaume-Uni ne peut pas trop la ramener. Le *Equal Pay Act* n'y a été adopté que deux ans plus tôt. En attendant de se trouver une vocation, Penelope opte pour des études de langues. Rêvait-elle déjà d'exil pour les beaux yeux d'un frenchy ?

Quand elle quitte sa ville pour le University College de Londres, Penelope a toutefois une première expérience à son actif. Depuis ses seize ans, elle s'est trouvé un petit boulot le samedi chez *Just Something*, une institution locale car cette boutique de Cross Street est la seule de toute la région à vendre des vêtements à la mode londonienne. Cette information, sur le premier employeur de Penny, je la dois à Annabel Hughes, l'une des deux journalistes permanents du *Abergavenny Chronicle*, l'hebdomadaire local. Habituellement, Annabel ne couvre pas l'actualité politique française, mais à l'automne 2016, elle a écrit un portrait de Penelope Fillon. Une fille du pays possible *First lady* des Français, cela met du piment dans l'ordinaire de la petite rédaction. Du coup, l'adorable Annabel s'inquiète : « Vous croyez qu'il va résister, Fillon ? Il peut encore gagner ? » Je ne sais pas, Annabel, je ne sais pas…

4.

« I’m afraid, I don’t remember »

Peut-on prévoir ce que la vie vous réserve ? Penelope aurait pu ne jamais rencontrer François et, alors, ce dernier serait peut-être devenu président. Je dis bien *peut-être*. Peut-être que la personnalité de Penelope, son parcours, ses désirs inassouvis portaient déjà en germe tous les ingrédients nécessaires pour qu’un jour éclate le scandale. Peut-être qu’avec une autre épouse, l’Affaire n’aurait jamais existé ?

Ils se voient pour la première fois à un dîner chez un ami commun. Comme Nicolas et Carla mais en beaucoup moins torride et expéditif. François n’a pas, lui, chuchoté à l’oreille de sa promise : « Penny, es-tu cap à cet instant, devant tout le monde, de m'embrasser sur la bouche ? » Il a bien fait car, l'histoire se serait sans doute arrêtée là. Précisons, pour la vérité historique, que Carla a décliné la délicate proposition (Nicolas a raconté lui-même la saynète dès le lendemain à son hôte, Jacques Séguéla), ce qui ne l'a pas empêchée trois mois plus tard de devenir Madame Sarkozy. François et Penelope ont mis quatre ans après leur première rencontre à convoler. Chacun son style.

Penelope Clarke a 21 ans. Quelques mois plus tôt, elle a débarqué au Mans avec ses valises, sa 4L volant à droite et son accent craquant, car son cursus exigeait qu'elle passe un an à l'étranger. Elle a trouvé un poste d'assistante d'anglais dans un collège et elle est toute contente de s'être rapidement intégrée à la petite bande de jeunes enseignants. Ils la chahutent souvent. Elle parle si peu, si bas et lorsqu'elle se lance enfin à dire quelques mots, elle a l'air de s'excuser. Pas vraiment le genre de fille sur laquelle on compte pour animer une soirée mais sa présence est légère, elle est toujours partante et ne sait pas quoi faire pour se rendre utile, toujours la première à débarrasser la table ou proposer de véhiculer les copains.

Le dîner est organisé par Michel Legendre un ami d'ami, professeur de collège lui aussi, dans la maison de ses parents à Chassillé, à trente kilomètres du Mans. Autour de la table, une dizaine de personnes dont un ami de Michel, un certain François, tous deux scouts depuis l'âge de 17 ans. Ils en ont maintenant 22 mais l'année précédente, ils animaient encore la troupe du collège Saint-Michel des Perrais, la « Première Maréchal Leclerc ». François en était le commandant et Michel, son adjoint. Ensemble, ils ont organisé cinq camps, en Savoie, dans le Tarn, au pays basque…

En cette soirée de l'hiver 1976, donc, une jeune et jolie Anglaise aux yeux lavande croise la route d'un beau brun sarthois du genre ténébreux, d'un an son aîné. Elle comprend qu'il termine une maîtrise de droit et envisage un doctorat (projet qu'il abandonnera par la suite). Parallèlement, il a déjà un job, il est assistant d'un député du coin. Impressionnant, tout de même.

Et alors ? Alors, rien. Penelope, c'est à mettre à son actif, n'est pas du genre à romancer sa vie. Plus tard, chaque fois qu'elle sera priée de raconter cette première rencontre, elle répondra avec constance qu'elle ne s'en souvient plus. Très précisément, et là il faut la citer dans le texte, elle utilisera cette formule géniale des Anglais quand ils veulent diminuer l'impact d'une phrase qui pourrait être blessante « I'm afraid, I don't remember ».

François non plus n'est pas transpercé par la flèche d'Eros ou alors il cicatrise vite. À la fin de l'année, le groupe d'amis part dans la maison de campagne qu'ont achetée les parents Fillon à Etchebar, le plus petit village du pays basque (60 habitants) au pied des Pyrénées. Penelope conduit pratiquement tout le trajet (650 kilomètres tout de même) d'abord parce que c'est sa voiture, ensuite parce que ça lui donne une bonne excuse pour ne pas piper mot. Au programme du l'été, un peu de baignades et beaucoup de randonnées.

Et alors ? Et alors ? Cette fois-ci, elle le remarque. Difficile de faire autrement : François marche en tête, il organise, il commande, il répartit les rôles. Le soir venu, autour du feu, il raconte qu'il aimerait devenir pilote de Formule 1. Ou alors guide de montagne. D'ailleurs, il l'est déjà un peu, se vante-t-il, puisqu'il n'a besoin de personne pour lui montrer le chemin et ne supporte que d'être le premier de cordée. Plus sérieusement, il pense au journalisme. Dommage qu'on n'ait pas plusieurs vies, j'adorerais le voir en 2017 dans la peau d'un directeur de rédaction, tiens le genre Edwy Plenel, ils ont presque le même âge. Il défendrait avec passion la liberté de la presse face à un candidat à l'élection présidentielle qui le traiterait de chien.

Penny y croit, en tout cas, à cette histoire de journalisme et ça lui plaît bien. Elle qui doute tant de sa valeur est bluffée par l'autorité naturelle, le calme et la détermination du jeune homme. Elle qui doit se forcer pour prononcer trois mots remarque que, dès qu'il prend la parole, tout le monde s'arrête pour écouter.

Est-ce à ce moment qu'elle commence à s'envisager en femme du chef ? Une position idéale quand on est à la fois intelligente et timide. Et lui, qu'est-ce qui le séduit ? La réserve de Penny, probablement.

Pour mieux comprendre le comportement amoureux de *l'homo politicus* en général et de François en particulier, j'ai ressorti de ma bibliothèque un livre intitulé *Danielle, Bernadette, Françoise et les autres*[1] en référence à Mesdames Mitterrand, Chirac, Fabius et autres épouses de politiciens de premier plan. J'y retrouve ceci qui me semble de très bon augure pour notre futur jeune couple. « Que cherche donc Mitterrand chez Danielle ? Une jeune fille secrète et audacieuse qui incarne ce à quoi aspirent parfois les hommes d'autorité et d'action : un havre de paix et de détente aménagé

1. Marie-Thérèse Guichard, Belfond, 1987.

par une femme douce et soumise, pas forcément passive. Ce n'est pas un hasard si Mitterrand comme Giscard ou Léotard ont été séduits par des femmes qui aspiraient à une vie retirée, calme et paisible ».

Stop, il est trop tôt pour sortir les violons. Penelope repart en Angleterre sans qu'il se soit passé plus que quelques regards appuyés. Elle suit sa dernière année de littérature puis enchaîne avec du droit, comme papa, parce qu'il faut bien se choisir un métier. La fac est à Bristol, une ville qui est à une heure et demie de train de son cher Abergavenny. Plus compliqué à rallier depuis la France mais François est épris. L'amour et le pragmatisme n'étant pas forcément incompatibles, il estime avoir trouvé la perle qui saura construire le « havre de paix et de détente » nécessaire à ses ambitions. Il prend le train puis le ferry puis le train de nuit pour venir passer le week-end avec sa girl-friend. Malgré la mauvaise volonté du gouvernement britannique qui vient, une nouvelle fois, d'enterrer si on ose dire, le projet de tunnel sous la Manche, une idylle se noue.

Sur la suite des événements, François et Penelope sont tellement raccord qu'ils auraient gagné sans problème à « Tournez manège ».

« I'm afraid, I don't remember »

Question : Quand êtes-vous réellement tombé amoureux ?

Elle (en 2007 à Kim Willsher du *Sunday Times*) : « Je ne sais pas quand c'est allé plus loin. Les choses se sont passées graduellement ».

Lui (en 2017 à Karine Le Marchand dans « Ambitions intimes ») : « Cela s'est fait tout seul ».

Il y a décidément quelque chose de Jane Austen chez Penelope. Abergavenny n'est d'ailleurs pas si loin du Hampshire de la romancière anglaise, à peine 200 kilomètres. Les paysages se ressemblent, les moutons encore plus. Penny est l'aînée de la famille, la première à marier, comme Elizabeth Bennet, l'héroïne de *Orgueil et préjugés*, roman dans lequel Jane, éternelle célibataire mais néanmoins sublime observatrice, développe sa conception du mariage heureux, donc stable. L'amour est agréable, mais pas indispensable. L'idéal conjugal, laisse entendre Jane, c'est un partenariat entre deux êtres raisonnables qui ont pris le temps nécessaire pour se découvrir une affinité de goûts et de valeurs.

Le temps nécessaire pour Penelope et François, ce sera trois ans. Du coup, il s'est produit nombre d'événements depuis le premier dîner à Chassillé. Joël Le Theule, le député pour lequel travaillait

François, est entré au gouvernement de Raymond Barre et il a embarqué son jeune assistant avec lui. Le fiancé est maintenant chargé de mission au ministère des Transports. Pour le mariage civil, il choisit la ville de Sablé-sur-Sarthe où il n'habite pas mais dont son patron est maire. Être uni par un ministre, cela ne manque pas d'allure. Le 31 mai 1980, Joël Le Theule enfile donc son écharpe tricolore pour unir, sans contrat, Penelope Kathryn Clarke, 24 ans, et François Charles Amand Fillon, 26 ans. Lorsque j'ai reçu la copie de l'acte de mariage que j'avais demandé à l'état civil de Sablé, j'ai cru que l'employé(e) de mairie avait fait une faute de frappe en oubliant le r dans le troisième prénom du marié. Mais non. C'est délicieux Amand comme prénom, même sans t à la fin. Le *Guide des prénoms*, une bible décidément, m'apprend qu'au meilleur de sa forme, en 1913, il n'a été donné qu'à 118 bébés. Et aussi que Amand était l'aumônier du roi Dagobert (lequel aurait pu, sans attendre saint Eloi, le prévenir que sa culotte était à l'envers).

La cérémonie religieuse se déroule, quelques semaines plus tard, sur les terres de Penelope, tout près de la ferme de ses grands-parents à LLanover. Un lieu qu'elle adore et on la comprend. Pour accéder à l'église St Bartholomew (chez nous on parlerait plutôt de chapelle tant elle est minuscule), il faut emprunter une route bucolique et prier pour que personne n'arrive en sens inverse. Rien d'autre à perte de vue que le vert profond des prairies parsemées de points blancs, les moutons, et au loin, les collines. En ce 28 juin 1980 ensoleillé, une précision qui ne va pas de soi, le cortège traverse le minuscule cimetière qui entoure l'église du XVIIe siècle. Pas si triste. Car la pelouse qui recouvre les tombes leur donne un air coquet mais aussi parce que les Britanniques sont nettement plus chaleureux et diserts que nous lorsqu'il s'agit de célébrer la mémoire des disparus sur les stèles. Au lieu de nos austères épitaphes, « Sylvie Bommel née Deschamps, 1955-20 ?? », ils racontent leur vie et c'est charmant. « En chère mémoire de Dale Williams (suit le nom en version galloise), époux et père adoré. Pas un jour ne se passe sans que tu sois dans ma mémoire. En attendant le jour béni où Dieu nous réunira. » Oui, en passant devant ces tombes, Penny et François ont toutes les raisons de penser que l'amour est éternel.

Lui est en jaquette et haut de forme. Je sais qu'on ne m'a pas demandé mon avis mais cela ne va pas du tout avec un lieu aussi champêtre. Elle porte une robe blanche sans falbalas et une couronne de fleurs dans les cheveux (beaucoup mieux). La ribambelle de cousins de Penny n'arrive pas à se loger dans l'église. Le culte est anglican mais François a demandé à l'abbé Dubois, qui officiait en tant qu'aumônier dans sa troupe scout, de venir concélébrer la cérémonie. Ses parents Michel et Anne sont là bien sûr (Michel est notaire, il va pouvoir parler boutique avec Colin) comme ses trois frères cadets. Pierre, bientôt 22 ans, étudiant en médecine qui, dans quatre ans, au même endroit, épousera Jane, la jeune sœur de Penny. Arnaud, 17 ans, qui n'a plus que quelques mois à vivre avant de percuter un arbre en voiture un triste week-end pascal. Dominique, le petit dernier, 12 ans, qui deviendra un musicien de jazz reconnu.

Penelope et François partent en voyage de noces en Espagne, c'en est fini pour elle d'Abergavenny.

Interrogée, quelques années plus tard, sur ce qu'elle a ressenti à l'idée de devoir vivre en France, Penelope réfléchit un instant avant se lancer : « Oh, j'aimais bien la France, donc j'étais… j'étais heureuse de venir… ». Et là, alors qu'on croit la phrase terminée, elle murmure deux petits mots qui changent tout : « … au début ».

5.

La femme du chef

Paris ! Le champ des possibles qui s'ouvre à l'infini. Penelope a seulement 25 ans. L'âge où rien n'est encore joué. Elle est intelligente, cultivée. Elle a la chance de pouvoir quitter l'univers tranquille mais – et ce n'est pas une offense que de le dire – assez limité d'Abergavenny puis du Mans. Elle n'a qu'à se baisser pour saisir sa chance. Paris ! Me voilà, j'arrive, *it's so exciting*... Ce n'est pas ce qu'elle dit. Peut-être que parce que dans un même couple, seul un Rastignac peut s'épanouir, elle s'interdit les plans sur la comète. Elle envisage sa nouvelle vie avec l'application de l'écolière modèle qu'elle a été. Le genre d'élève un brin anxieuse qui, quand s'annonce la rentrée, recouvre soigneusement ses livres et garnit sa nouvelle trousse avec tout ce qui va bien, soit, de son temps, stylo à plume, gomme à crayons et à encre, rapporteur, pot de colle et table de trigonométrie.

Pour sa rentrée 1980, Penny n'a pas de nouveau cartable mais un mari tout neuf, un appartement tout neuf et tant de choses à découvrir dans ce pays qu'elle connaît peu mais dont elle parle maintenant très bien la langue. Les jeunes mariés s'installent rue Lecourbe, dans le XVe arrondissement. L'endroit est parfait, très commerçant, ni trop huppé, ni trop populaire, à la fois proche du quartier des ministères où François travaille et du Quartier latin où il fait si bon flâner, surtout quand on est une petite Anglaise et qu'on a aimé *À bout de souffle*. Que faire en France avec des études de droit britannique, inachevées de surcroît ?

D'autres qu'elle sans doute parviendraient à se vendre. Après tout, elle est bilingue et se débrouille très bien en allemand. Oui mais voilà, à Paris, elle a l'impression qu'il faut prendre de grands airs confiants et se pousser du col et ça vraiment, elle en est incapable. Facile à dire quand on n'y est pas obligée. Car Penelope possède un atout que d'autres n'ont pas : les relations de son mari et celles, bien mieux placées encore, de Joël Le Theule. La voici donc, pour la première fois de sa vie mais pas la dernière, embauchée sans avoir eu à passer par la case entretien de recrutement, ni même à rédiger un CV. Son job, au sein d'une maison d'édition dirigée par des amis d'amis consiste essentiellement, comme elle le reconnait elle-même… « à faire le tour des services ». Telle une stagiaire qui, grâce aux salariés priés de prendre un peu de temps pour discuter avec elle, découvre la vie d'entreprise.

Chaque fin de semaine, les jeunes mariés partent dans la Sarthe – elle ne sait pas encore que bientôt elle y vivra – où le père de François est notaire et sa mère enseignante. Michel et Anne Fillon habitent une maison banale dans une commune du sud du département, Cérans-Foulletourte, dont il faut plaindre les agents immobiliers tant l'endroit est dépourvu de charme. Comme destination de week-end, il y a plus folichon mais François n'est pas là pour s'amuser, le samedi et le dimanche aussi, il bosse pour Joël Le Theule. Son intitulé de fonction exact est en effet « chargé de mission du ministre de la Défense, chargé des relations avec le Parlement et – c'est moi qui souligne – des problèmes de la circonscription du ministre, formulation d'autant plus étrange que depuis son entrée au gouvernement, Joël Le Theule a laissé son siège de député à son suppléant. Mais qu'importe, il reste le vrai patron dans sa circonscription, où il est adoré, et il est toujours maire de Sablé, avec son jeune collaborateur au ministère, en voltigeur, à Paris comme dans la Sarthe. À l'époque, on ne s'embarrassait pas de questions sur le mélange des genres !

En réalité, Joël Le Theule, très proche des parents Fillon, veille sur la destinée de leur rejeton depuis qu'il est ado. Juste après le Bac, François dit qu'il se verrait bien journaliste. Sa mère en parle à son ami Joël. « Le lendemain, c'est le président de l'AFP en personne qui appelle François », révèle Christine Kelly, la première, et seule à ce jour, biographe de François Fillon[1]. Le jeune homme part trois mois en stage à Madrid. C'est Joël Le Theule toujours qui l'encourage à adhérer au RPR, puis plus tard l'embauche à ses côtés. C'est lui encore qui obtient, en un seul coup de fil bien placé, que l'appelé Fillon fasse son service militaire, non pas en tant que coopérant à l'étranger comme il s'y était engagé afin de bénéficier du sursis le plus long possible, mais dans son propre cabinet au ministère.

1. *François Fillon, les coulisses d'une ascension*, janvier 2017, L'Archipel.

Sachant que Joël Le Theule, la cinquantaine approchante, est toujours célibataire et que de mémoire de Sarthois, on n'a jamais vu de femme à son bras, sachant également que le jeune Fillon est décidément assez beau garçon, on ne s'étonnera pas que l'affection qui semble les lier fasse jaser, de la préfecture du Mans aux couloirs du Palais Bourbon. C'était il y a presque quarante ans, depuis François a eu cinq enfants mais, preuve qu'une rumeur ne meurt jamais, elle a ressurgi en 2016 lors du débat sur le mariage pour tous. Furieux que Fillon s'oppose au projet de loi, certains ultras des milieux gay ont défilé dans les manifs sous des pancartes montrant les photos des deux hommes réunies dans un cœur avec ce slogan « Le mariage pour tous : c'est bien dommage que Fillon et Le Theule n'en aient pas profité en tant que couple ». Cet outing vengeur contient-il une once de vérité ? J'ai rencontré du côté de l'Assemblée nationale un lobbyiste connu qui me certifie qu'il a un ami qui a son frère, lui-même homo, qui en est sûr, qui les a vus… Mais si on écoute tous les bruits qui courent dans les dîners parisiens, quasiment la moitié des hommes politiques serait homo et l'autre échangiste. Donc, je doute.

En cette fin de décennie 70, *Voici* et *Closer* ne sont pas encore nés, les hommes et femmes politiques ne montrent pas leur dernier-né dans *Gala*, le premier secrétaire du Parti socialiste peut tranquillement aller fêter les six ans de sa fille cachée, Mazarine, sans craindre les paparazzis et le président de la République, un brin éméché, rentrer sans encombre à l'Élysée après avoir embouti la camionnette d'un laitier. La rumeur n'empêche donc pas Joël Le Theule de continuer à pousser son protégé. Il commence même à distiller l'idée auprès des élus sarthois de droite (ceux qui ont encore leur tête le racontent volontiers) que, le jour venu, quand il quittera son fauteuil de député pour un autre plus stable au Sénat, il ne voit pas, non vraiment, qui serait mieux placé pour le remplacer que le jeune Fillon.

Hélas pour lui, le jour en question arrive beaucoup plus tôt qu'il ne l'imaginait. Le 14 décembre 1980, Joël Le Theule succombe à une crise cardiaque quasiment sous les yeux de Penelope et François. La veille déjà, l'élu a été victime d'un malaise pendant une réception, et sur la recommandation des médecins, le jeune couple a dormi chez lui pour le surveiller. Nouveau malaise dans la nuit, hôpital au petit matin, les médecins ne peuvent rien faire.

La volonté du disparu est respectée. On propose à François de remplacer son mentor, dans un premier temps, au conseil général de la Sarthe et au conseil municipal de Sablé.

L'heure du choix a sonné. Jusque-là, il n'a fait que saisir les opportunités que Le Theule lui avait apportées sur un plateau. Mais veut-il réellement faire carrière dans la politique ? Privilège des gens qui sont au cœur du pouvoir, il croule sous les propositions, dont deux sérieuses. L'une du patron d'Air France, rencontré lorsqu'il travaillait au ministère des Transports. L'autre du préfet de la Sarthe. Forcément, quand on a baigné dans ce petit jeu des coups de pouce dès son plus jeune âge, il n'est pas aisé de comprendre, plus tard, que proposer à ses enfants des stages payés deux fois le Smic, c'est peut-être légal mais pas très malin. Mais n'anticipons pas.

Dans un livre publié en 2003 et consacré aux femmes de politiciens, Penelope explique à l'auteur[1] : « Air France, je ne voulais pas, je déteste l'avion. Sous-préfet, c'est encore moi qui ai dit non. Une femme de ministre peut rester indépendante mais la femme du sous-préfet de La Flèche… On nous aurait espionnés jour et nuit,

1. *Leurs femmes… elles aussi ont du pouvoir*, Elisabeth Chavelet, Robert Laffont.

je n'étais pas du tout tentée ». Je crains (voilà que je me mets à parler comme les Anglais) que l'avis de la jeune Madame Fillon n'ait pas été aussi déterminant qu'elle veut bien le raconter. Ou se le raconter. Aucun des proches de Joël Le Theule rencontrés dans la Sarthe n'y croit une seconde. Pour eux, François était fermement décidé à se lancer en politique.

Et à regarder son petit échange avec Karine Le Marchand dans l'émission « Ambitions Intimes », diffusée en novembre 2016, on ne peut que se diriger vers la même conclusion. Langoureusement affalée sur le canapé, la jolie Karine demande à François comment il a pris sa décision.

Lui : J'avais 26 ans. J'ai interrogé mon épouse pour savoir si…

Karine (fine mouche) : Vous lui demandez toujours son avis ?

Lui : Ben… avant d'entraîner quelqu'un [sic] dans une vie pareille, vaut mieux lui demander son avis tout de même, sinon hein, voilà… Et après, cela permet de lui dire quand elle n'est pas contente…

Karine (complice comme jamais) : Ah oui, c'est une très bonne technique.

Lui (sourire entendu) : Ben oui…

Quoi qu'elle en dise, Penelope a juste eu la sagesse d'approuver une décision prise avant de la consulter. C'est le premier de ses renoncements. Car il y a peu de métiers qui vous clouent autant dans votre pays d'origine que la politique. Un député expatrié, cela n'existe pas plus qu'un oranger sous le ciel gallois (Bourvil chantait sous un ciel irlandais, mais cela revient au même). Penelope ne rentrera pas au pays. Et comme pour bien montrer qu'elle a définitivement tourné une page de sa vie, elle se convertit au catholicisme. La politique vaut bien une messe.

Début 1981, François devient conseiller général de la Sarthe et maire adjoint de Sablé. Les deux premiers mandats d'une très longue série. L'année s'annonce agitée puisqu'une échéance électorale majeure se profile à l'horizon, la présidentielle. En ces temps où les primaires n'ont pas été inventées, la droite aligne Valéry Giscard d'Estaing, le président sortant, Jacques Chirac, ancien Premier ministre ainsi que Michel Debré, Marie-France Garaud et on en passe. À gauche, c'est plus encombré encore avec deux têtes de série, François Mitterrand pour le PS et Georges Marchais pour le PC, mais autour d'eux Huguette Bouchardeau, Michel Crépeau, Roger Garaudy, Arlette Laguiller, etc.

La campagne qui démarre comporte une nouveauté. On commence à réaliser, dans les hautes sphères, que les femmes ne votent pas forcément comme leur père ou comme leur mari. Valéry Giscard d'Estaing a marqué des points auprès des électrices depuis qu'il a, avec l'aide de sa convaincante ministre Simone Veil, fait passer la loi sur la dépénalisation de l'interruption volontaire de grossesse. Ce qui ne l'empêchera pas lors de son meeting d'entre deux tours, à la Porte de Pantin, de poser cette pauvre Anne-Aymone sur une chaise derrière lui, sage et gaie comme un trophée de chasse.

Subitement, dans les états-majors, on se prend de passion pour la cause féminine. Sur les 110 propositions pour la France de François Mitterrand, sept concernent les droits des femmes. La numéro 68 affirme que « l'égalité devant l'emploi exige un vaste programme d'équipements collectifs » en conséquence de quoi « 300 000 places de crèche seront créées prioritairement ». Jacques Chirac ne veut pas être en reste. En avril, il présente son plan qui propose de 1) reconnaître la fonction sociale de la mère de famille, 2) verser une allocation parentale d'éducation pour les parents de trois enfants et plus 3) étendre le principe de réversion des retraites aux veuves civiles 4) élargir la loi sur le travail à temps partiel. Pas ultra-moderne comme vision de la femme mais on dira que c'est l'intention qui compte. Personne ne parle de parité ni au gouvernement, ni parmi les dirigeants d'entreprise. Et puis quoi encore ?

Si François Fillon, qui est déjà plutôt « tradi » choisit de soutenir Giscard, ce n'est pas pour sa loi sur l'IVG. Mais avant de quitter ce monde, Joël Le Theule avait eu le temps d'annoncer sa préférence pour le candidat auvergnat. Le premier tour, le 28 avril, n'est pas rassurant pour la droite. À la radio, un chroniqueur tente des calculs savants : « Mathématiquement et sauf défections ou mauvais reports des voix obtenues par Messieurs Debré, Chirac et Madame Garaud, Monsieur Giscard d'Estaing devrait dépasser les 50 % au deuxième tour ». Puis il ajoute, prudent, « mais il est difficile d'estimer le comportement des électeurs de Brice Lalonde ». Ah ces écolos, déjà imprévisibles !

Le 30 avril, François Fillon signe un texte rédigé avec plusieurs autres élus de la Sarthe. Le libelle attire l'attention des électeurs sur les dangers que ferait courir à la France l'élection du candidat socialiste avec le soutien du Parti communiste.

Raté. Les électeurs n'ont même pas peur. Le 10 mai à 20 heures, c'est le visage de François Mitterrand qui se dessine sur les écrans d'Antenne

2. À l'Hôtel de ville de Sablé, l'autre François ne débouche évidemment pas le champagne mais pour lui, il le sait bien, la nouvelle n'est pas si mauvaise. Mitterrand, forcément, va provoquer des législatives pour se donner une majorité. Donc, il va pouvoir se présenter. Ce n'est pas gagné, la vague rose est puissante mais cela se tente. « J'ai 27 ans et j'ai envie de me battre pour le changement. Je ne veux pas laisser un chèque en blanc au nouveau président » déclare-t-il au quotidien régional, *Ouest-France*.

La campagne du jeune impétrant est courte, un mois exactement, donc intense. La presse locale a gardé la mémoire de son périple. Pas un village de la quatrième circonscription n'est oublié, le candidat doit se faire connaître. Quand ils découvrent sa tête, les Sarthois s'amusent de sa ressemblance avec Thierry Le Luron à ses débuts, en version sérieuse évidemment. La plupart du temps, sa jeune épouse le suit. Elle n'a pas mieux à faire, c'est un bon moyen de découvrir le pays et surtout, c'est ça ou elle ne le voit pas du tout. Les réunions commencent le matin et se terminent souvent après le dîner. Lui est toujours en costume, elle en jupe mi-longue, chemisier blanc et pull bleu marine quand elle fait des efforts, le reste du temps en pantalon et polo.

Toujours positive, Penelope veut se rendre utile et accepte toutes les tâches, surtout les plus ingrates tant que son mari ne lui demande pas de se montrer. Ce qu'elle préfère, c'est distribuer les tracts dans les boîtes aux lettres, là au moins on ne rencontre personne. Elle assiste aussi aux rencontres avec la population dans les mairies ou les cafés, mais toujours derrière, près de la sortie comme si elle craignait un incendie. Elle aime bien écouter ce que disent les gens et le raconter après à François. Finalement, ce rôle de petite souris lui va bien.

Le 9 juin, le jeune candidat tient un meeting au Mans devant cinq cents personnes (il faut bien démarrer dans la vie). Une femme monte à la tribune, manifestement très émue. C'est la mère de Joël Le Theule. « Je vous demande de reporter sur François Fillon la confiance que vous faisiez à mon fils. C'est lui qui l'a élevé ». Sur les photos, pas de trace de Penelope. « Elle était là pourtant », m'assurent des militants.

C'est l'une des caractéristiques de Penelope. Non seulement, elle fait tout pour se cacher mais on dirait que même quand elle est là, elle n'imprime pas la pellicule. Jean-Claude Ragaru, une figure de Sablé dont il a été un élu, s'en amuse.

Dans le petit *Musée de l'homme volant* qu'il a créé au centre de la ville, au milieu des modèles réduits de montgolfières, il raconte ce jour où, avec son épouse, ils ont embarqué le jeune couple Fillon sur leur voilier pour une balade dans le golfe du Morbihan. « François adorait déjà la photo, il a mitraillé tout l'après-midi. Eh bien quand on a développé, Penelope n'apparaissait sur aucun cliché ! ». Le soir de l'élection, non plus, on ne la voit pas au milieu des supporters mais cette fois, c'est normal, elle a préféré attendre les résultats chez des amis.

Qui a dit qu'il ne se passait jamais rien dans la Sarthe ? Le 14 juin 1981, on ne relève pas moins de trois événements. Un record de chaleur, 30,5 degrés au plus haut de la journée. Un record de vitesse : Jacky Ickx remporte sa cinquième victoire aux 24 heures du Mans, lors d'une épreuve endeuillée par la mort d'un coureur et d'un commissaire de course pendant les essais. Et un record de jeunesse. François Fillon, le nouveau député de la quatrième circonscription, qualifié de justesse dès le premier tour avec 50,14 % des voix, est à 27 ans, le benjamin de l'Assemblée nationale. La femme du chef peut être fière de lui.

Le lendemain, elle l'accompagne dans sa première sortie d'élu. Ils vont, lui devant, elle derrière, au cimetière de Sablé, rendre hommage à Joël Le Theule. Un rendez-vous qui se renouvelle chaque année. Autre fidélité, François engage la secrétaire de son mentor, Sylvie Fourmont, poste qu'elle a conservé depuis, ce qui lui a valu d'être entendue par le Parquet financier le 2 février 2017. Sylvie Fourmont est l'une des rares à avoir affirmé aux policiers qu'elle savait que Penelope était assistante parlementaire. « Elle me faisait réserver les dates auxquelles son mari devait être présent. Elle décidait s'il devait participer à tel ou tel événement » rapporte le procès-verbal de son audition. De quels événements parle Sylvie ? Le spectacle de fin d'année à l'école des enfants ? Une soirée raclette chez les De Lacharrière ou les De Castries, de grands amis de François ? Ou le repas de Noël du club du troisième âge de Sablé ? Du temps où je travaillais en entreprise, la femme de mon big boss entretenait ce même genre de rapports avec l'assistante de direction mais elle n'émargeait pas sur les comptes de la société pour autant.

6.

Victorienne

Qu'a-t-elle donc fait Cherie pour être à ce point l'anti-modèle de Penelope ? Trop vaniteuse ? Trop intéressée par l'argent ? Trop féministe ? « Je ne suis pas Cherie Blair », répétera avec insistance Penelope à ses amis quand, à son tour, elle deviendra épouse de Premier ministre. Les deux femmes ont eu un petit dernier à 46 ans, ce qui n'est pas si courant. Mais Cherie prône une conception de l'équilibre entre vie familiale et vie professionnelle qui n'a pas grand-chose à voir avec celle de Penelope Fillon. Dans ses Mémoires[1] parus en 2004,

1. *The Goldfish Bowl : Married to the Prime Minister 1955-1997*, Cherie Booth et Cate Haste, Chatto & Windus, 2004

l'épouse de Tony, chef du gouvernement britannique de 1997 à 2007, raconte comment lui sont venues ses envies d'indépendance. Dans l'école de filles où elle a commencé ses études, les religieuses conseillaient aux élèves de se diriger vers l'enseignement parce que c'était un moyen de « s'occuper intelligemment en attendant de devenir de bonnes mères catholiques ». « C'est là que j'ai décidé que je ne serai pas enseignante mais avocate, à la place », écrit l'ex-locataire du 10, Downing street en signant de son nom de jeune fille, Booth. Tout un symbole.

Penelope, aussi, aurait pu devenir avocate mais, on le sait désormais, elle s'est arrêtée avant d'y parvenir. C'est ainsi. À chaque fois qu'elle pourrait travailler, je parle d'un travail qu'elle trouverait toute seule, elle prend la tangente.

À peine François élu député, en 1981, Penelope est la première à défendre l'idée qu'un élu se doit d'habiter dans sa circonscription. Dans son pays, dit-elle, personne n'imaginerait qu'il en aille autrement. En réalité, l'idée de déménager l'arrange bien. Comme une excuse, un empêchement indépendant de sa volonté. Au prétexte que ce qui n'était déjà pas simple à Paris, trouver un travail, sera quasiment impossible dans la Sarthe, elle s'abstient d'en chercher. Et nourrit un autre projet qui celui-là ne dépend que d'elle, ou presque : devenir maman.

Si cela correspond à un choix personnel, pourquoi pas, je n'ai vraiment rien à y redire. Encore que pour de simples raisons de sécurité matérielle, je ne conseillerais jamais à ma fille cette option. J'en ai trop vu des amies qui sont restées juste parce qu'elles ne pouvaient pas partir. Et d'autres, qui n'ont pas eu le choix. Quand Monsieur, frappé par le démon de midi, les a laissées sur le carreau, elle ont dû, diplôme ou pas, commencer à 50 ans une carrière presque en bas de l'échelle.

Comme la pétillante Mercedes Erra, patronne de Havas Worldwide, je suis sidérée de voir de plus en plus de jeunes femmes demander à travailler à mi-temps ou refuser une promotion « à cause des enfants » comme s'il fallait absolument choisir entre une progression de carrière et l'équilibre de sa descendance. Et forcément, je me pose des questions : quelle image ai-je donnée de l'entreprise, quels énervements ai-je rapportés à la maison, combien de spectacles de danse et autres sorties scolaires ai-je manqués pour que ma fille me dise que jamais elle ne suivra ma trace ?

Toujours est-il que François, cette fois, n'a pas à faire semblant de demander son avis à sa femme, elle est partante, plus que partante. Au revoir, Paris. Bonjour, la Sarthe. La capitale ne lui manquera pas. Les boutiques ? Elle s'en fiche, il n'y aurait qu'elle, elle s'habillerait tous les jours de la même façon. Les Parisiens ? Elle n'arrive pas à s'y habituer, ils s'énervent pour un rien et deviennent vite désagréables. Les amis ? Elle n'en a pas encore et comme elle n'ouvre pas la bouche dans les dîners où il la traîne parfois, elle ne risque pas d'en trouver.

Elles ne sont pas rares les filles du baby-boom à renoncer ainsi en cours de route. Des études supérieures, une tentative timide d'entrer dans la vie professionnelle, un peu comme on tâte l'eau, du bout du pied. On se donne du courage, on y croit, on avance jusqu'à mi-taille… Et puis, non décidément, l'eau est trop froide, le courant est trop fort, retour sur la berge.

Certaines en viendraient presque à envier leurs mères auxquelles personne ne songerait à reprocher ce manque de courage puisque personne ne leur a appris à nager. Tandis qu'elles, on leur a tout donné : la sécurité des temps de paix, la prospérité des Trente Glorieuses, l'accès aux meilleures écoles, la liberté de choisir quand et avec qui faire des enfants, de coucher avant le mariage et aussi, pourquoi pas après, avec des amants. Tout est possible. Encore faut-il qu'elles s'autorisent elles-mêmes.

Où sont les femmes[1] *?* chante Patrick Juvet, en ce tout-début des années 80. Oui, où sont-elles dans les entreprises, ces grandes sœurs qui pourraient prendre leurs cadettes, les Isabelle, Françoise et Pascale, les prénoms de l'époque, sous leurs ailes protectrices et leur apprendre les codes masculins, ces comportements qu'il convient, dit-on, d'imiter si on ne veut pas passer pour une cruche ? Qui va leur dire aux timides, les Penny, les Sylvie et bien d'autres, que c'est bien normal de manquer d'assurance, surtout si votre famille ne fait pas partie de l'élite ? Combien sont-elles, dans le monde politique, les pionnières qui défrichent la voie ? Le gouvernement compte seulement quatre femmes parmi trente-huit ministres, et aucune parmi les six ministres d'État. Personne ne songe à s'en offusquer.

Quand, en plus, elles sont mariées comme Penelope à un homme qui gagne correctement sa vie, un homme qui trouve que c'est super que sa femme travaille pourvu qu'elle soit rentrée à temps pour lui préparer le dîner, c'est tellement facile de basculer vers les schémas anciens.

1. *Où sont les femmes ?* Compositeur Patrick Juvet. Auteur Jean-Michel Jarre, Copyright Société Music Dreyfus Francis, Le Rideau Rouge Éditions SA.

Très vite, Penelope met son nouveau projet de vie à exécution. La petite Marie naît en 1982. La jeune mère fait le choix, libre ou contraint, elle seule le sait, de se consacrer entièrement à ce bébé. Dans la Sarthe, Penelope devient donc femme au foyer, à plein temps. Pour les Anglais, ce modèle a un archétype : l'épouse victorienne.

Dans un poème au titre éloquent « L'ange de la maison », le poète Coventry Patmore s'est coltiné la tâche de la décrire. « L'épouse modèle, nous explique-t-il, est dévouée et soumise à son mari, douce, charmante, gracieuse et sympathique. Elle a le sens du sacrifice, elle est pieuse et, plus que tout, pure. » Des idées venues de temps anciens ? Si on veut. Quand notre ami Coventry est mort, en 1896, ma grand-mère, et celle de Penelope pointaient le bout de leur petit nez sur cette terre.

Bien sûr, il y eut des pionnières à côté desquelles Penelope, moi et bien d'autres faisons pâle figure. Je ne m'attendais pas à en rencontrer à Abergavenny, ce matin où je suis montée tout en haut d'une colline battue par les vents pour visiter le petit musée local. « En ce moment, nous avons une exposition temporaire sur les suffragettes de la région », m'informe un colosse barbu à l'accueil. Why not ? L'expo s'intitule « Significant welsh women ». Ce que je pense traduire par « Des femmes d'exception ». « Je dirais plutôt *Des femmes qui comptent* », corrige mon amie Deborah (irlandaise du nord donc anglaise, dirait Maeve, la Bruxelloise native de Dublin). Et je pense que cet intitulé n'est pas très sympa pour les autres, les passives, celles qui ne comptent pas. Comme Penelope ?

L'exposition recense les suffragettes galloises qui se sont mobilisées dès 1910 pour obtenir le droit de vote mais aussi l'égalité des salaires entre enseignantes et enseignants. Parmi elles, une figure émerge : Margaret Mackworth, alias Lady Rhondda. Elle a tout fait, Margaret. Elle a saccagé des boîtes aux lettres, sauté sur la voiture du Premier ministre, essayé (sans succès) de remplacer son père à la Chambre des lords, fondé un magazine. « Je pense, a-t-elle osé écrire, que la guerre aussi affreuse fut-elle, a été une chose merveilleuse pour les femmes. Elle a permis des progrès dont on imagine qu'il aurait fallu des siècles sans cela pour les obtenir. Maintenant les femmes ont les cartes en main. » Désolée de vous décevoir, Lady Rhondda, ce ne sera pas si simple.

Sans aller jusqu'à être aussi radicale que les suffragettes galloises du siècle dernier, Penelope aurait pu se trouver un autre modèle que celui de l'« ange de la maison ». Et elle n'avait pas besoin d'aller bien loin. Sa belle-mère, Anne Fillon, a elle aussi interrompu ses études quand elle s'est mariée. Elle aussi a travaillé avec son mari, pour tenir la comptabilité de l'étude notariale, mais à Cérans-Foulletourte, les voisins soutiennent que c'était tout sauf un emploi fictif. Et la quarantaine venue, cette mère de quatre enfants a repris des études pour devenir professeur d'université. Elle a rédigé une thèse d'histoire et surtout elle a contribué à lancer des formations de mise à niveau permettant à des hommes et femmes adultes n'ayant pas le Bac d'entreprendre des études supérieures. À ses obsèques, en 2012, l'historien Jean-Marie Constant, professeur émérite à l'université du Maine, prononcera un long hommage qui se termine ainsi : « On peut dire qu'Anne a consacré toute sa vie à un travail acharné, fait de tâches administratives, de formation professionnelle, d'enseignement universitaire et de recherche historique. »

7.

Campagne de France

Penelope aurait pu plus mal tomber. La Sarthe ressemble au Monmouthshire. En moins sauvage, moins joli, moins vallonné, mais aussi, ce n'est pas difficile, moins venteux. Ici aussi, il y a des poulets (de Loué), des canards, des moutons, des chèvres, des vaches dont le bon lait est transformé, miracle industriel, en portions de Vache qui rit dans la grosse usine du groupe Bel. Il y a des chevaux aussi. Un jour, peut-être, Penelope pourra avoir le sien.

En outre, Sablé présente quelques points communs avec Abergavenny. La taille, une dizaine de milliers d'habitants grosso modo. La distance avec la capitale, 250 kilomètres, assez pour être en pleine campagne mais pas trop pour les allers-retours du mari travailleur. Et puis… et puis, c'est tout. Sans nullement vouloir faire de peine aux Sarthois, si on vous propose de choisir entre les deux bourgades pour une semaine de vacances, il ne faut pas hésiter, prenez l'Eurostar. Là-bas, les gens sont exceptionnellement accueillants et gentils. Vraiment ? Oui. Tous ? Tous ceux que j'ai rencontrés. Ils s'excusent quand vous les bousculez, ils ne savent pas comment vous rendre service. Ils ne sont pas méfiants et, d'ailleurs, on ne voit pas bien pourquoi ils le seraient, là-bas emmitouflés dans leur douce verdure. Ils ont la sérénité des gens qui se lèvent le matin en sachant que personne ne sera désagréable avec eux, qu'ils n'arriveront pas en retard à leur travail et qu'on ne leur volera pas leur porte-monnaie dans le bus. Comment dit-on le contraire d'agressivité ? Douceur, placidité, bienveillance. C'est cela, exactement.

Une part de Penelope est toujours à Abergavenny. Un village de carte postale, un village anglais (ou gallois, on ne va pas recommencer avec ce problème) comme on le rêve, nous, les Français. Une sorte de Notting Hill en version originale. Une rue centrale à la Dickens avec ses maisons colorées du XVIe siècle (« Nous n'avons pas beaucoup été bombardés par ici », s'excuse presque la jeune hôtesse de l'Office du tourisme), une échoppe qui propose des robes vert pomme ou bleu canard et des chapeaux assortis pour s'habiller comme la Reine le jour de la Parade, une autre spécialiste des bottes en caoutchouc pour s'habiller comme la Reine le week-end à Windsor, un magasin qui ne vend que des pelotes de laine à tricoter comme il en existait quand j'étais très petite, un marchand de journaux avec quatre magazines différents sur les tracteurs et autant sur la pêche à la mouche, des salons de thé où muffins et carrot cakes attendent sous leur cloche. Et des pubs, bien sûr.

À Sablé, Penelope a longtemps fréquenté une brasserie qui se donne des allures de café anglais. L'établissement se nomme… Pub Élysée, ce qui a beaucoup plu aux reporters de télé, ces temps derniers. Facétie anticipatrice du propriétaire ? Il a emporté son intention dans la tombe. Plus probablement, l'homme aimait les jeux de mots. Raphaël Elyzé, qui a donné son nom à la place de la mairie, fut maire de Sablé. Il était martiniquais, seul élu métis de la Sarthe à l'époque. Résistant, il a été déporté en janvier 1944 à Buchenwald où il est mort un an plus tard.

L'époque où Penelope venait parfois s'attabler à l'Élysée avec une amie après le marché du vendredi remonte au temps béni où même à Sablé, son visage était si peu connu qu'on la prenait pour une jardinière anglaise. C'était avant…

Bien que les Sarthois soient moins chaleureux que les Gallois, la jeune Penelope se plaît tout de suite dans la région. Comme elle ne craint pas la solitude, le jeune couple loue une maison dans une bourgade à huit kilomètres de Sablé, Auvers-le-Hamon (oui, Hamon comme Benoît Hamon). L'année suivante, en 1983, François repart encore en campagne, pour les élections municipales, cette fois. De l'héritage de Joël Le Theule, il lui reste, en effet, un titre à endosser : maire de Sablé. Les Fillon n'habitent pas dans la commune ? Pas grave, ils y louent un garage et s'y font domicilier, condition indispensable pour être électeurs et donc, pour lui, éligible. Et c'est reparti pour les réunions, tours de marché, serrages de main à la chaîne, distributions de tracts… d'autant que la conquête de la mairie s'annonce un peu moins facile que prévu. Alain Bourgeteau président du District de Sablé et premier adjoint, qui aurait pu prétendre au titre, s'efface certes gentiment pour faire place au dauphin mais un rebelle apparaît en la personne de… Gilles Le Theule. Le frère de Joël ! Ce dernier constitue une liste dissidente, ce qui lui vaut d'être exclu du RPR.

Finalement, la liste *Union pour l'expansion sabolienne* menée par François Fillon l'emporte au premier tour.

Dès le lendemain de son élection, mine sombre, dents serrées, l'élu balance à l'intention de ceux qui figuraient sur la liste de Gilles Le Theule, « Je n'oublierai pas ». « Il était tellement fou de rage que les premiers temps au conseil municipal, il ne perdait pas une occasion d'humilier Gilles en lui rappelant que sa liste était arrivée en dernière position », raconte un conseiller.

Quelle violence la vie politique, y compris à l'échelon local ! Penelope est maintenant l'épouse du plus jeune député-maire du pays. Elle est contente pour lui, c'est ce qu'il voulait, il le mérite. Pour elle, les choses sont plus ambiguës. D'un côté, cela la flatte de penser que cet enfant prodige de la politique l'ait choisie pour compagne. De l'autre, elle constate que la position de femme du maire n'est pas idéale pour elle qui tient tant à être en bons termes avec les gens.

Pour résoudre ce dilemme, Penelope a une solution qui ne lui demande pas beaucoup d'efforts : se planquer. Le couple et la petite Marie déménagent de

Auvers-le-Hamon à Asnières-sur-Vègre, un joli village médiéval au milieu duquel coule une rivière, aujourd'hui détenteur du label « Petite cité de caractère » et considéré par les Sarthois comme une réserve de « bobos », car envahi de résidences secondaires de Parisiens ou d'Anglais. La petite épicerie-buvette locale a ainsi été rachetée par un couple de Britanniques mais comme ils retournent sur leur île à la mauvaise saison, des agriculteurs du village se sont regroupés en association pour faire tourner ce seul commerce du village quelques heures par jour, qu'il vente ou qu'il neige.

Quand je débarque à Asnières fin février, le Salon de l'agriculture est sur le point de s'achever. Pour s'attirer les faveurs du monde paysan, les candidats à l'élection présidentielle ont rivalisé d'assiduité, dix heures pour Marine le Pen, record à battre. Finaude, je me dis que cela va constituer une bonne entrée en matière, après tout je peux tenir une conversation, je suis petite-fille d'agriculteur. Comme Penelope (oui, je sais, ça vire à l'obsession). Mais à Asnières, en ce dimanche après-midi grisâtre, on se moque bien de ce qui se passe Porte de Versailles. Ce qui revient dans toutes les conversations, c'est l'épidémie de grippe aviaire, qui oblige à confiner les volailles depuis trois semaines déjà. Or le poulet de Loué, justement, doit sa réputation et son label à son mode de vie en plein air. « Et les canards, c'est pire encore. Eux, ils ne supportent pas du tout de rester à l'intérieur. Pas facile de s'en sortir surtout que, notre ministre, un enfant du pays pourtant, Stéphane Le Foll, ne se bat pas beaucoup pour nous à Bruxelles. » Tout cela est dit calmement, on n'est pas à un congrès de la FNSEA.

Dans cette épicerie/buvette surgie des années 60, comptoir et étagères en bois, toile cirées sur les tables, devant mon verre Duralex de jus de pomme bio, à 1,20 euro (« on ne fait pas ça pour le profit, vous savez »), je suis télé transportée dans le monde enchanté de mon enfance, quand j'allais en vacances dans le Poitou. Je revois la marchande manipuler les poids en laiton sur la balance à plateaux pour peser mes pommes de terre, je pars récolter le tabac dans la charrette à cheval, je suis à table avec tous les adultes pour la « batterie », le banquet de fin de moisson. J'arrête sinon on va croire que j'ai cent ans et puis, revenons à nos moutons, Penelope et François, en l'occurrence.

Je demande :

— Et les Fillon, vous les avez connus, ils ont habité par ici, non ?

— Oui, bien sûr. Mais lui n'était pas souvent là et elle, elle était très discrète.

Comment réussit-on à « être discrète » dans un village de 500 âmes, cela m'échappe.

Le fermier-épicier du dimanche développe :

— Ils sont venus ici pour se mettre à l'abri.

À l'abri de quoi ? De l'agitation de la mégalopole Sablé-sur-Sarthe ?

On me montre la maison, située dans l'ancienne rue principale, rue du 14 Nivôse, une bâtisse costaude qui porte le doux nom de Sainte Anne.

Les Fillon y restent dix ans. Pendant que François accumule les mandats, Penelope fait des bébés. Bientôt, deux nouvelles têtes gambadent dans le jardin. Charles naît en 1984, Antoine en 1985. Madame Fillon a 30 ans, elle est déjà mère de famille nombreuse au sens de la SNCF.

Chaque semaine, du moins pendant les sessions parlementaires, François passe trois à quatre jours à Paris. Son statut de benjamin de l'Assemblée ne semble pas l'impressionner. Quand Jean-Claude Narcy, le présentateur du 13 heures de TF1, lui demande s'il a le trac, il adopte une voix de mâle un peu forcée, comme les jeunes hommes quand ils veulent être pris au sérieux, et affirme qu'il va pouvoir « se faire les dents dans la lutte politique d'opposition ». De fait, à l'Assemblée, il mord. Penelope peut le regarder entre lessive et biberons car depuis peu la troisième chaîne, France Régions 3, diffuse les questions au gouvernement en direct. Est-elle devant son poste ce jour d'automne 1983 où son mari provoque un incident ?

Le 23 octobre, cinquante-huit parachutistes de l'armée française ont été tués à Beyrouth dans une explosion provoquée par un camion piégé. Dans le texte de revendication, les Français découvrent des mots inconnus jusqu'alors : soldats de Dieu, Jihad, armée islamiste… Plus tard quand de tels drames se produiront, on en appellera à l'unité nationale. Au lieu de cela, le député de la Sarthe François Fillon, 29 ans, interpelle Charles Hernu, ministre de la Défense, 60 ans : « Peut-on, à la fois, rendre hommage aux soldats de la force multinationale à Beyrouth et soutenir la politique expansionniste de la Syrie et de son allié soviétique, dont vous savez, monsieur le ministre, beaucoup mieux que nous, le rôle joué dans l'attentat ? » Hernu est sidéré par l'arrogance de ce jeune blanc bec. Il se lève de son banc : « Vous avez osé prétendre que le gouvernement jouait une sorte de double jeu, et que certains de ses membres soutiendraient les Syriens et les assassins des jeunes Français ! C'est odieux, et vous devriez avoir honte ! ». L'histoire bégaye mais les opinions évoluent. Pendant sa campagne 2017,

Fillon à l'inverse, sera plutôt dans le camp de ceux qui ménagent Bachar el-Assad.

Penelope ne voyait pas beaucoup son mari député. Elle aperçoit à peine son mari député-maire. Les week-ends n'existent plus. Toujours une décoration à remettre, une gerbe à déposer, un mariage à célébrer, un dîner d'association à honorer. Pendant ce temps, elle gère les enfants et la maison et, suprême délicatesse, se conduit comme si tout cela n'était qu'une partie de plaisir. « La maîtresse de maison peut être comparée au commandant d'une armée ou à un chef d'entreprise. Pour faire en sorte que sa maison soit respectable et assurer à sa famille bonheur, confort et bien-être, elle doit accomplir ses devoirs avec intelligence et minutie » écrivait l'Anglaise Isabella Beaton dans un guide à l'usage des jeunes femmes en 1861. Dans ce domaine, Penny a tout bon. Isabella rajoute : « Il n'est pas de bon ton que la femme porte du maquillage ou quelque autre accessoire destiné à l'embellir ». Sur ce point aussi, c'est un sans-faute. À part son alliance et sa bague de fiançailles, elle ne porte jamais de bijoux. Et je parierais volontiers qu'elle n'a jamais poussé la porte d'une esthéticienne.

Bien qu'érudit, il est probable qu'Igor Mitrofanoff, l'homme chargé d'écrire les discours de François Fillon, n'ait pas lu les œuvres de Mrs. Beaton mais les propos qu'il tiendra, plus tard, devant les enquêteurs de l'Office central de lutte contre les infractions financières et fiscales pourraient figurer dans le guide d'Isabella. « Globalement, explique-t-il aux policiers, Penelope a toujours pris soin de ne pas démontrer qu'elle était extrêmement active auprès de son mari. Par tact ou par pudeur, ou par courtoisie vis-à-vis des électeurs sarthois[1] ». Ami de longue date de François, parrain de son dernier fils, ce Russe orthodoxe ajoute : « Mon sentiment, est que Penelope incarne parfaitement ce que doit être l'épouse d'un homme politique important. Elle est à la fois présente, informée, active, mais avec prudence et élégance ». Par déduction, je constate qu'une femme qui oserait revendiquer son travail serait particulièrement vulgaire.

Personne n'est parfait. Penelope néglige malgré tout une des prescriptions victoriennes, et non des moindres : « On attend de la maîtresse de maison qu'elle organise des réceptions et des dîners pour épauler la bonne réputation sociale de son époux et lui permettre de rencontrer de nouvelles personnes

1. *Journal du dimanche*, 5 mars 2017.

afin d'établir des relations d'affaires prospères ». Or Penelope n'aime pas recevoir. Les mondanités sont aux antipodes de sa nature.

En revanche, elle adore le déjeuner de famille du dimanche. Comme autrefois, chez elle, à Glandower House. Sur ce point l'année 1984 apporte une merveilleuse nouvelle, un regroupement familial est en cours.

Cela commence comme une devinette pour emballage de Carambar : comment votre beau-frère peut-il devenir votre beau-frère ? Réponse : En épousant votre sœur ! Pierre, le deuxième des fils Fillon, 26 ans, quatre de moins que François, et Jane, la plus proche des sœurs de Penelope, elles ont un an d'écart, ont décidé de se marier. Devant les deux familles à nouveau réunies, François unit les fiancés en sa mairie de Sablé. La deuxième des filles Clarke quitte à son tour son île pour s'installer au Mans où Pierre achève son internat de médecine, il a choisi l'ophtalmologie. Penelope raconte que Colin a déclaré, en souriant, à ses autres filles que ça suffisait comme ça, cette manie d'épouser des frenchies. Elles ont obtempéré.

Au lieu d'être séparées par la Manche, les deux sœurs ne sont plus qu'à une heure de route l'une de l'autre et à portée constante de téléphone. Elles en profitent pour se remonter le moral. « Quand on était exaspérées par les Français et leurs réactions, on se disait que ça ne se passerait pas comme ça chez nous ! » raconte Penelope. Pendant les campagnes électorales qui se succèdent à un rythme effréné, ces périodes où Penelope se demande si elle a encore un mari, les filles Clarke se serrent les coudes.

En 1986, aux législatives de mars où la proportionnelle envoie pour la première fois des députés FN à l'Assemblée nationale, 35 exactement, François est réélu au premier tour. Mais, grande différence avec son premier mandat, il est maintenant député de la majorité car la coalition RPR-UDF a remporté de justesse les élections. La France découvre encore un nouveau mot : cohabitation. L'improbable se produit : un président de gauche, François Mitterrand nomme un Premier ministre de droite, Jacques Chirac. Dans la foulée, François Fillon, qui, depuis qu'il a bossé aux côtés de Le Theule au ministère de la Défense, se passionne pour ces dossiers, postule et obtient la présidence de la Commission de la Défense nationale et des Forces armées. Il devient le plus jeune président de commission de la Cinquième République. On commence à connaître la chanson mais François tient beaucoup à ce genre de record. Dans son livre

Faire[1], sorti en 2015 soit trente ans plus tard, il éprouve le besoin de le rappeler.

Dans cet ouvrage, il parle aussi de ses grands-pères, de ses parents, de ses loisirs, des sommets de 4000 mètres qu'il a déjà grimpés et de ceux qu'il escaladera quand il aura le temps, de la course automobile. Il parle un peu de ses enfants. Mais pas la moindre trace, tout au long de ces 320 pages, de Penelope. Ils vivent ensemble depuis 35 ans. Pour lui, elle a quitté son pays, elle a mis au placard ses quelques diplômes, elle a consacré son temps à assurer sa descendance et à tenir sa maisonnée. Et pourtant, pas un mot pour elle, pas la plus petite mention de son existence. Ah si, désolée, j'oubliais la dédicace « A Pénélope » (je ne voudrais pas cafter mais il a mis des accents, ce qu'elle déteste). Deux mots comme solde de tout compte ?

À se demander si cette femme est réelle. Ou fictive. Avant d'être accusée d'avoir occupé des emplois affublés du même qualificatif, elle a déjà des allures d'épouse fantôme. Et pas seulement dans les écrits de son mari. À Sablé, sa présence est tout aussi évanescente. Si rien ne m'a échappé, la presse locale signale tout au plus une dizaine de

1. *op. cit.*

brèves apparitions au cours de la décennie 80 (moi, je ne fais pas comme le juge Tournaire qui envoie une réquisition aux journaux pour qu'ils fouillent dans leurs archives, je m'y colle personnellement). *Le Maine Libre* rapporte ainsi la présence de Madame Fillon à une représentation donnée par une troupe de théâtre du cru. En revanche, le jour où un spectacle qui a rencontré un grand succès à Paris, notamment grâce à la pétillante Anne-Marie Carrière, s'arrête en tournée à Sablé, point de Penelope. La pièce s'appelle *Potiche*. Cette comédie, reprise au cinéma par François Ozon et interprétée par Catherine Deneuve et Fabrice Luchini, raconte l'histoire d'une mère au foyer soumise à laquelle on ne demande jamais son avis, son rôle se réduisant à être à la maison quand rentre son ombrageux mari. Jusqu'au jour où…

8.

« Des tâches simples mais essentielles »

« Oui, mon épouse a travaillé pour moi depuis le début. Oui, elle a commencé à être rémunérée en 1988. » Rien que ces deux phrases prononcées par François Fillon lors de sa conférence de presse du 6 février 2017, soit treize jours après le début de l'« Affaire » me jettent dans un abîme de perplexité. D'abord, il se trompe sur la date qui marque le début du salariat de Penelope, il le reconnaîtra l'après-midi même dans un communiqué : c'est 1986 et non 1988 et pas non plus 1997 comme il l'avait affirmé dans un premier temps sur TF1. Si elle a aussi mal rangé ses contrats de travail, bon courage à Penelope pour préparer la reconstitution de carrière de son dossier de retraite. Mais, évidemment, la vraie question n'est pas là.

Le « début » dont parle François Fillon est celui de sa carrière de député. À l'entendre, Penelope accomplissait donc dès 1981 (année de sa première élection) cet « ensemble de tâches simples mais essentielles » qui sont le quotidien d'une assistante parlementaire (merci, au passage, pour le « simples » qui sous-entend qu'elle n'était pas capable d'assumer des tâches complexes). Admettons : Penelope était au boulot depuis 1981. Mais alors, si déjà elle répondait au courrier, inscrivait les rendez-vous dans son agenda et ne raccrochait pas au nez des gens qui appelaient à la maison mais notait leur message, et franchement nous n'avons pas de raison d'en douter, pourquoi n'a-t-elle été rémunérée qu'en 1986 ? Cinq ans de travail au noir ?

Penelope reçoit son premier salaire en avril 1986. Puis, curieusement, en mai et juin, rien du tout, pas un sou. Essai non satisfaisant ? Apparemment pas puisqu'elle reprend en juillet et semble finalement convenir à son époux-employeur qui poursuit le contrat sans interruption jusqu'en décembre 1990. Date à laquelle intervient, à nouveau, un long break de huit années alors que de 1990 à 1993, François est toujours député (ensuite il est nommé ministre et cède la place à son suppléant). Pourquoi ? Elle fait la grève, elle a rendu son tablier ?

Revenons à ce fameux printemps/été 1986 qui marque, officiellement (en tout cas en termes de contrats en bonne et due forme), les débuts de la carrière de Penelope. Elle a alors trois enfants âgés de un an, deux ans et quatre ans. En 1989, Penelope donne naissance au quatrième, Édouard, tout en conservant – toujours au vu de ses contrats – ses activités pendant plus d'un an encore. J'adorerais savoir si le juge Tournaire a calculé combien de temps il faut rien que pour donner six biberons par jour à un bébé. Car si la mémoire de mes informateurs d'Asnières-sur-Vègre est bonne, personne ne vient l'aider à la maison à l'exception d'une femme de ménage quelques heures par semaine. Interviewée en 2016 par *Les Nouvelles de Sablé*, la mère de famille nombreuse livre cette anecdote qui éclaire son emploi du temps de l'époque : « Comme nous vivions à Asnières, je faisais 80 kilomètres par jour pour emmener les enfants à l'école et à leurs activités. » Wonderwoman ?

Au début des années 80, Frédéric Jugnet est nommé professeur de sport à Sablé. Bien qu'il soit de gauche (il est prof, j'ai dit), il devient vite copain de footing du jeune maire, rôle qui sera repris bien plus tard par Nicolas Sarkozy. Il n'aura pas à regretter cette ouverture d'esprit, puisqu'en 2010, alors que François Fillon est Premier ministre, il est nommé à l'inspection générale de la Jeunesse et des Sports.

C'est bien, les amis, ils font ce qu'ils peuvent pour vous aider dans l'adversité. Aujourd'hui, Frédéric affirme donc à qui veut l'entendre que Penelope était plus encore qu'une attachée parlementaire. Elle était capable, selon lui, de parler à François Fillon de choses qu'un autre collaborateur aurait tues. Certes mais cela s'appelle une épouse, Frédéric. Il n'est pas loin de le reconnaître, d'ailleurs, même si on sent que cela lui écorche la bouche : « Est-ce que ça méritait un salaire ? Moi, je ne peux pas me permettre de le dire ».

Et Penelope, elle en pense quoi ? Considère-t-elle que ces « tâches simples » valent le salaire qui lui est alloué : 1 400 euros net en moyenne entre 1986 et 1990. Soit, en brut, parce que c'est ainsi qu'on parle en général, près de 1 800 euros. Pour info, en 1988, le smic brut est de 740 euros. Et le salaire net moyen des Françaises toutes catégories confondues de 1 000 euros.

« Des tâches simples mais essentielles »

Lors d'une de ses rares prises de parole après le déclenchement de l'Affaire, Madame Fillon certifiera qu'elle était parfaitement au courant des montants qu'elle percevait.

Quelque chose ne colle pas. Ni à l'époque, ni aujourd'hui. Comment peut-on être à la fois la personne discrète, intègre et modeste, que ses amis mais pas seulement eux, ne cessent de me décrire et accepter d'être aussi bien payée pour des tâches peu qualifiées ? Je ne vois à ce stade et concernant cette période spécifique qu'une solution : Penelope croit ce que lui dit son mari et ce qu'il lui dit n'est d'ailleurs pas complètement faux. Ils ont droit à cet avantage ainsi qu'à une indemnité principale de député plus une indemnité de résidence plus une indemnité de fonction pour couvrir ses frais. Tiens d'ailleurs regarde, peut-il lui expliquer si elle regimbe, ce dont je doute, c'est écrit là : « Depuis le 1er janvier 1980, les députés peuvent dans la limite de 12 000 francs par mois engager un, deux ou trois collaborateurs, à temps plein et à temps partiel, ou encore à titre temporaire. La rémunération prévue permet aux députés de recruter des collaborateurs de bon niveau, qu'il s'agisse de jeunes diplômés de l'enseignement supérieur, ou de personnes plus âgées ayant déjà une certaine expérience professionnelle ». La réglementation de l'Assemblée nationale n'impose aucune autre contrainte.

Qu'une jeune mère de famille un peu débordée, âgée de trente ans, de nationalité étrangère, arrivée dans un aussi curieux pays que la France depuis cinq ans seulement, isolée dans son village sarthois, n'aille pas chercher plus loin, cela me paraît, sinon probable, au moins tout à fait possible. Si je me mets à la place de Penelope, en supputant par exemple qu'elle n'a jeté qu'un œil distrait sur l'article précisant le profil des collaborateurs de députés (« jeunes diplômés » – ce qu'elle est après tout, bien qu'elle soit entrée depuis longtemps dans l'âge adulte – ou « personnes plus âgées ayant une certaine expérience professionnelle – elle en a zéro mais il faut bien commencer), si je prends en compte tous ces paramètres humains, alors, je crois qu'on peut, pour cette période de sa vie, lui accorder des circonstances atténuantes. Pour la suite, c'est une autre histoire.

9.

Les châtelains

En 1993, François et Penelope investissent dans la pierre. Un gros tas de pierres à une dizaine de kilomètres de Sablé. La bâtisse qu'ils achètent à Solesmes a été si souvent agrandie au fil des siècles qu'on serait bien en mal de la dater avec ses quatre styles d'escaliers et ses neuf types de toitures différents. Marie, 11 ans, Charles, 9 ans, Antoine, 8 ans, et Édouard, 4 ans, vont pouvoir disposer chacun d'une chambre et il en restera encore pas mal de libres, la maison en compte une quinzaine. Au rez-de-chaussée, c'est ambiance *Downtown Abbey*. De grandes pièces de réception lambrissées, deux bibliothèques, un bureau, une cuisine, une arrière-cuisine… Au total, 1 100 mètres carrés de surface habitable. Le terrain au bas duquel coule la Sarthe couvre 12 hectares. S'y élèvent également une chapelle à pignons du XIXe, un colombier, un abri de pêche, une ferme et des dépendances, soit 2 000 mètres carrés supplémentaires mais pour la plupart en piètre état. Les Fillon acquièrent Beaucé pour 400 000 euros, un prix doux pour un aussi *sweet home*, mais ils doivent compter autant pour les travaux à prévoir. Il faut penser aussi aux coûts d'entretien estimés par les professionnels de l'immobilier de Solesmes et des environs, à près de 2000 euros par mois et évidemment au personnel. Bien que Penelope ne rechigne pas aux tâches ménagères ni au bricolage (elle a isolé toute seule le grenier de sa maison), bien qu'elle adore faire pousser des légumes et des fleurs, cette fois-ci, elle aura besoin d'« aide », comme on dit pudiquement dans les bonnes maisons, pétries de valeurs chrétiennes. Quant à notre gentleman-farmer du dimanche, il s'achète un joli tracteur mais ne l'utilise que pour parcourir ses terres, pas pour les travailler. Les Fillon vont donc devoir se serrer un peu la ceinture pour élargir leur domesticité. Aucun souci, Penelope n'est pas de nature dépensière. Son budget vestimentaire personnel est de l'ordre du néant. Bien qu'anglaise, elle n'est pas du genre à rouler dans la réédition de la *famous* Mini Austin qui vient tout juste de sortir, elle a la carte de fidélité de Leclerc mais pas celle de Sephora. François se laisserait plus facilement tenter par les plaisirs de la vie. Les vêtements de marque, les appareils photo et surtout les équipements high-tech, toujours plus fascinants. Un jour du début des années 90, il arrive au conseil municipal en arborant un appareil révolutionnaire, le Be-Bop, une petite merveille qui permet de téléphoner dans la rue à condition de se poster au pied d'un lampadaire et encore pas n'importe lequel, ceux avec un autocollant bleu blanc vert. Il n'y en a aucun de cette espèce à Sablé. « Quand il rentrait de Paris, il voulait toujours nous épater. J'avais l'impression qu'il nous prenait pour des bouseux » commente un conseiller municipal. On dirait que… François a inspiré Michel Delpech[1] : *On dirait que ça te gêne de marcher dans la boue, On dirait que ça te gêne de dîner avec nous…*

Par chance, à la position qu'occupe François, une foule de choses sont à disposition sans qu'on ait à sortir son portefeuille. Et cela tombe bien car il a la réputation d'être au mieux près de ses sous,

1. *Loir et Cher.* Compositeur Michel Pelay. Auteurs Michel Delpech, Jean-Michel Rivat, Copyright SOC Marouani.

au pire radin. Une figure du RPR, un de ceux qui l'a soutenu à la primaire de 2016 (avant comme beaucoup d'autres de s'évanouir dans la nature après le déclenchement de l'Affaire) me certifie l'avoir vu demander une facture dans le train pour deux cafés.

Pour un avare présumé, l'acquisition d'un domaine aussi vaste que celui de Beaucé peut surprendre. Coûteux en travaux de toutes sortes pour une valorisation très hypothétique. Mais l'enjeu est ailleurs. Pour François, le « manoir » représente l'acmé de sa réussite et de sa promotion sociale. Il a beau avoir, depuis douze ans, accumulé les mandats électifs, dans sa tête, il reste le fils d'un modeste notaire de province. Le descendant, comme il se décrira dans l'un de ses livres, « de quincailliers, forgerons, fariniers, maçons, sabotiers, eux-mêmes issus d'une lignée d'humbles paysans ». Du côté maternel, François Fillon évoque avec force détails un grand-père, directeur du garage Peugeot du Mans, qui était parti pour de brillantes études, mais qui a dû les interrompre pour gagner sa vie sans attendre et payer les soins de sa mère tombée gravement malade.

À l'entendre et à le lire, le Fillon politicien est fier de ses ascendants, des gens modestes mais doués et travailleurs (c'est fou, aucun de nos élus ne semble avoir eu des aïeuls riches et dépravés) mais l'enfant qui demeure en lui se souvient d'avoir été humilié dans son collège de Jésuites parce qu'il disposait de moins d'argent de poche que la plupart de ses camarades. D'où le manoir.

Dans la thèse qu'il a consacrée aux nobles de la Sarthe, l'historien Franck Amalfitano[1] explique que, dans ce département tout particulièrement, il convient de posséder des terres pour faire partie de l'aristocratie. Las, dans cette région, comme ailleurs, on pardonne rarement à ceux qui cherchent à se pousser du col. À Sablé, les autochtones font volontiers remarquer que les beaux domaines du coin, ont une autre allure que la propriété des Fillon. « Regardez donc du côté des Du Peyroux à Avoise ou La Perrine de Cry, toujours à Avoise achetée par Victor Scherrer, l'ancien grand patron de l'agro-alimentaire, là c'est vraiment la classe. Alors que Beaucé, écoutez, entre nous, ça a un côté un peu parvenu, non ? ». François confortera cette image de manant qui se prend pour un seigneur en se choisissant, pour ses débuts sur les

1. *Nobles et titrés de la Sarthe de 1789 à la République des ducs : enracinement d'une aristocratie provinciale et parisienne*, 2010.

réseaux sociaux, le pseudonyme fdebeauce. François de Beaucé ! Dommage que Twitter ne supporte pas les espaces dans les pseudos, la particule se voit à peine ! Cerné par les commentaires sarcastiques, fdebeauce n'a vécu que quelques mois mais on en rit encore dans la Sarthe. En devenant propriétaire terrien, François a oublié le cinglant avertissement de George Pompidou, dont il se réclame pourtant, à propos du château corrézien de Jacques Chirac : « Quand on prétend faire de la politique, on s'arrange pour ne pas avoir de château. Sauf s'il est dans la famille depuis au moins Louis XV. »

Penelope, elle aussi, est ravie d'emménager dans sa nouvelle demeure mais comme souvent dans ce couple, pour des raisons inverses à celles de son mari. Lui veut se montrer, elle considère que c'est l'endroit idéal pour se cacher. Un point de vue qui exige de décrire l'environnement en détail. À un quart d'heure de Sablé, Solesmes est un bourg de 1 300 âmes où le pic de l'agitation survient vers 10 heures le dimanche lorsque les cloches appellent à la messe en latin chantée par les Bénédictins en leur abbaye (comptez 1 heure 45). En dehors de ce rendez-vous monacal, pas grand-chose à signaler, une boulangerie, une crêperie, un hôtel, un coiffeur, un bar/PMU/tabac, le minimum pour un village qui ne veut pas mourir. Comme le dit une ancienne employée de mairie dans un raccourci pas très politiquement correct : « C'est une commune sans problème. Des cas sociaux, on n'en a pas beaucoup par ici ». Plus tranquille encore que Solesmes, cela existe cependant, bienvenue à Beaucé. Ce lieu-dit n'est indiqué que par une pancarte rouillée plantée à cinq minutes de voiture ou une heure de marche de l'abbaye, en rase campagne. La propriété des Fillon est cernée par un haut mur en pierres et même depuis le modeste portail en bois, on devine difficilement, au loin, le manoir érigé à 300 mètres de la route. Pour avoir un vague aperçu de la bâtisse, il faut être vraiment motivé, rouler (20 kilomètres) et passer de l'autre côté de la Sarthe (la rivière) vers le hameau de La Mercerie. Le seul endroit d'où on peut avoir une chance d'admirer François voguant dans son canoë.

Bref, on ne vient pas chez les Fillon par hasard et si jamais l'envie vous en prenait, il est probable que vous vous casseriez le nez car il n'y a ni interphone, ni sonnette pour s'annoncer. Et pas de boîte aux lettres, ce qui, on en conviendra, n'est pas très commode pour Penelope qui est censée gérer le courrier. En cas de besoin, j'ai découvert un stratagème digne des romans d'espionnage pour tenter d'établir un contact avec les habitants de cette forteresse. Premier temps, remettre la missive au curé de l'église Notre-Dame à Solesmes, le charmant Père Soltner. Lequel la confiera dès le lendemain à un ami des Fillon, un messager très fiable puisqu'il vient tous les jours à la messe. C'est d'ailleurs dans le parloir de l'abbaye, où visiblement il a ses habitudes que Jean-Marie Tissot m'a donné rendez-vous. Bouleversé quand je lui apprends la nouvelle du jour (Fillon n'est pas venu au Salon de l'agriculture, on attend une conférence de presse, il va peut-être se retirer), cet homme courtois me détaille, sans se faire prier, les circonstances dramatiques dans lesquelles il a rencontré ce « Cher François » qu'il tutoie et cette « Chère Penelope » qu'il continue à vouvoyer. Natif de Franche-Comté, Jean-Marie est arrivé à Solesmes un peu après la guerre car sa mère, qui peinait à nourrir tous ses enfants, avait deux frères moines à l'abbaye. Jean-Marie n'en est plus jamais reparti, y a fondé sa famille et dirigé dans la région un des premiers Crédit Mutuel de France.

Un soir de décembre 1980, son oncle qui est monté en grade, il est désormais l'abbé de Solesmes, le patron en somme, est appelé chez une personnalité qui vient de décéder. Jean-Marie l'y conduit en voiture. Là, devant la dépouille de Joël Le Theule, il tombe sur François Fillon.

Il deviendra son ami et, des années plus tard, son voisin et facteur bénévole.

10.

Au galop

Dans sa maison ou manoir ou château, peu importe, Penelope est souvent célibataire mais heureuse. Elle peut élever sa progéniture comme elle le souhaitait, en pleine nature, avec un minimum d'interactions sociales et, par conséquence, sans avoir à se préoccuper de son apparence. Si elle est en retard pour emmener les enfants à l'école, elle enfile un manteau sur son pyjama, les dépose sans sortir de sa voiture et rentre chez elle, ni vu ni connu. Jamais, nulle part, il ne lui viendrait à l'idée de se prévaloir de sa position de femme de ministre ce qui, pour en avoir vu certaines autres faire un esclandre dans un aéroport afin d'être surclassées est plutôt sympathique (en même temps, il n'y a pas de caisses réservées aux VIP chez Leclerc).

Au collège privé Sainte-Anne de Sablé, elle se comporte en mère d'élève lambda. « Jamais elle n'usait de sa position de femme de député pour obtenir une quelconque dérogation ou autorisation d'absence pour les enfants. Quand elle venait me voir, elle semblait plutôt intimidée », apprécie un professeur. Il se souvient aussi que, comme leur mère, les petits Fillon étaient remarquablement discrets à propos du statut de leur père. À la paroisse de Solesmes, Penelope est un temps membre de l'équipe des « dames caté » mais au second plan, toujours. On dirait qu'elle fuit autant les responsabilités que les appareils photo.

L'année 1993 est à marquer d'une pierre blanche pour François. Non seulement il devient propriétaire terrien mais aussi pour la première fois, ministre (de l'Enseignement supérieur et de la Recherche) dans le gouvernement de cohabitation d'Édouard Balladur. Enfin. Il a 39 ans, cela fait un moment qu'il piaffait mais les circonstances n'étaient pas favorables avec ces deux interminables septennats de Mitterrand. Lui qui s'était habitué aux titres de plus jeune ceci et de plus jeune cela loupe de peu celui de plus jeune ministre, record, inégalé à ce jour, détenu par Laurent Fabius (34 ans). La question se pose : à peine installée à Beaucé, la famille va-t-elle déménager dans le logement de fonction dévolu au ministre ? Aucun des Fillon n'y tient. C'est non.

À cause, sans doute, de la séparation de corps des Fillon pendant la semaine, les premières rumeurs bruissent à propos de la frivolité de François. À Sablé, ses administrés remarquent ses regards gourmands quand une fille sexy – l'une de ces jeunes hôtesses blondes des 24 heures du Mans, par exemple – vient à passer dans son rayon. À Paris, on note que personne, jamais, ne voit Madame Fillon. D'accord, dit-on, elle habite dans la Sarthe mais ce n'est pas le bout du monde, comment se fait-il qu'elle vienne si rarement ? Chacun sa vie ? Si « deal » il y a entre Penelope et François, ce que beaucoup de ses amis de l'UMP, alias RPR, prétendent, (mais sont-ce vraiment des amis ?), il ne vaut que la semaine. Le week-end venu, le ministre rentre sagement chez lui et reprend son rôle de patriarche. Comme il travaille beaucoup, Penelope explique aux enfants qu'il ne faut surtout pas énerver papa et faire de bruit, le dimanche matin, pour qu'il puisse dormir un peu. Ils n'habitent pas dans un F4, ça doit aider.

Sa famille, il le dit, il le répète, est son meilleur facteur d'équilibre. C'est intéressant, cette façon qu'ont les hommes politiques de ramener tout à eux et de parler de leur famille comme les femmes parleraient du yoga ou de la peinture sur soie, un hobby en somme. Pour que le repos du guerrier soit exempt de la moindre perturbation, François cloisonne comme personne ses deux vies, la privée et la publique, la familiale et la professionnelle, la sarthoise et la parisienne. « J'ai cette capacité à fermer la porte, à maintenir une vie sereine en dehors de la politique » confie-t-il. Une expression à prendre au pied de la lettre, les Fillon n'ouvrent la porte de Beaucé ni aux amis, qui sont rares de toute façon, ni aux voisins. Il faut un événement exceptionnel, le vin d'honneur pour le mariage de leur fille Marie, par exemple, pour que les autochtones découvrent le domaine. Les collègues parisiens de François n'ont jamais eu ce privilège.

Penelope a toutefois quelques amis personnels qui sont extrêmement bienvenus sur ses terres. Des amis taiseux comme elle les aime, des compagnons solides et fiables avec lesquels elle n'est ni effarouchée, ni timide, plutôt audacieuse même. Les chevaux. On ne dira jamais assez la hauteur des barrières culturelles entre les peuples. Car dans le domaine équestre aussi, elle trouve les Français bizarres. Elle, si silencieuse, peut parler des heures de la complicité et de la relation affective qu'elle entretient avec les mammifères ongulés et s'étonne que les Français ne les considèrent pas avec cette hauteur de vue.

Voilà ce qu'elle confie à *L'Éperon*, le magazine préféré des cavaliers et des éleveurs : « Les naissances des poulains de ma poulinière ont été des moments presque aussi émouvants que celles de mes enfants ». Les bras m'en tombent. Sachant cependant que ma pratique équestre se limite grosso modo à deux ou trois promenades sur les poneys du jardin du Luxembourg, j'ai fait appel à l'une de mes connaissances, propriétaire d'une petite écurie de courses, avant de monter sur mes grands chevaux et de crier à la mère indigne. « Tu n'y es pas du tout, me dit Louis. Cette phrase de Madame Fillon est admirable au contraire (comme tous les gens qui disent *Madame Fillon*, Louis est filloniste mais en l'occurrence il a l'air de penser vraiment ce qu'il dit). Deux peuples ont une relation très particulière aux chevaux, les Britanniques et les Arabes. Eux savent que ce ne sont effectivement pas des animaux comme les autres. D'ailleurs, tu remarqueras qu'on parle du nez et des jambes d'un cheval, pas de son museau et de ses pattes ». Non, je ne savais pas, j'ai dû gaffer souvent.

L'une des photos les plus anciennes de Penelope la montre à un an sur un Shetland. Gamine, elle parcourt les prairies verdoyantes autour de la maison de ses grands-parents, sautant allégrement les haies naturelles. À Beaucé, où il y a enfin de la place pour ses meilleurs amis, elle commence par acheter un pur-sang (anglais, cela va sans dire) de dix ans. « Très intelligent et sérieux », dit-elle. Les enfants, eux, ont droit à un poney irlandais, un Connemara. Puis elle acquiert un autre pur-sang, plus jeune mais pas très courageux qui réussit néanmoins à aller jusqu'en finale à un concours organisé à Pompadour en Corrèze. Celui-là, dénommé Apeteres, je l'ai rencontré dans un pré. Il est en pension aux Haras de la Vayrie, pas très loin de Sablé, un endroit spécialisé dans la remise en forme psychologique et/ou physique des chevaux. Je ne suis pas assez calée pour juger de son ardeur ou de sa témérité mais il a l'air de couler des jours heureux avec ses camarades.

La jeune responsable du centre me présente tellement gentiment ses pensionnaires que me voilà en train de tourner anglaise, je les trouve attachants. « Celui-ci était un cheval de course mais il est très perturbé psychologiquement. Il se couche dès qu'il aperçoit le paddock, il a dû subir un stress énorme. » Et Apeteres, c'est quoi son problème ? Lui aussi, il refuse d'aller au boulot ? « Pas du tout, lui c'est physique. Il a des problèmes de dos et de pieds qui nécessitent des soins réguliers. C'est pour cela que Madame Fillon nous l'a confié. Elle vient le voir de temps en temps. Les chevaux, c'est sa passion, c'est sa vie ».

Plus qu'un passe-temps, assurément. Penelope se lance dans l'élevage, sa première activité prenante et potentiellement source de revenus. Les nouveau-nés sont baptisés Quickstep de Beaucé, Rafferty de Beaucé, Onyx de Beaucé… Elle les dresse et les inscrit à des concours complet, la discipline reine, selon mon consultant équestre, car elle combine des épreuves de dressage, de saut d'obstacle et de cross. La passion de Penelope n'est en rien partagée par son époux, qui, lui, préfère que les chevaux soient sous le capot. Un brin moqueuse, Penelope adore raconter ce soir d'orage où elle lui a demandé de bien vouloir rentrer Quickstep, Rafferty & Co à l'écurie. « J'ai retrouvé mon mari au milieu de l'allée, la longe enroulée autour d'un arbre, le cheval debout. C'était la panique générale ». Enfin un domaine où elle peut le dominer. Mais toujours cette pointe d'autodérision qui pour les Britanniques est une parade à la forfanterie : « Comme François n'y connaît rien, il pense que je monte bien ».

Oui, elle se régale, Penelope. Elle semble avoir enfin trouvé sa voie, loin des « petits boulots » d'assistante pour son mari, loin des petits arrangements plus ou moins pistonnés. Las. En juin 1997, suite à une très mauvaise idée qu'a eue Dominique de Villepin et dont il a réussi à convaincre son patron, Jacques Chirac, l'Assemblée nationale est dissoute et le gouvernement perd la majorité. Nouvelle alternance mais dans l'autre sens, Lionel Jospin arrive à Matignon. Conséquences en chaîne : François Fillon qui, lui a été réélu, redevient député. Et quelques mois plus tard, en avril 1998, le temps de se retourner sans doute, Penelope redevient son assistante parlementaire. Une reprise de travail à temps plein qu'elle réussit, apparemment sans problème, à concilier avec son activité quotidienne dans les box mais aussi avec une nouvelle grossesse, à 45 ans. Le petit Arnaud naît en 2001.

Auprès de son mari, Penelope gagne 3 250 euros net par mois soit 2,4 fois plus que dix ans plus tôt. Est-ce qu'elle s'en étonne ? Si oui, il est probable que la réponse de François soit la même qu'auparavant : *tout le monde le fait*. Et puis, elle ne reste pas les bras croisés. Elle répond de temps en temps aux courriers et à quelques sollicitations. Pourquoi s'inquiéter d'une éventuelle inadéquation entre son niveau de rémunération et l'intensité de l'activité qu'elle déploie au service de son époux ? La tranquillité consiste parfois à ne pas trop chercher à comprendre. Tout ce qu'elle demande c'est de pouvoir continuer à élever à la campagne sa famille, c'est-à-dire ses enfants et ses chevaux.

Dès lors, on mesure le déchirement qu'a dû être pour elle, la suite des événements.

En mai 2002, Jacques Chirac emporte haut la main l'élection présidentielle face à Jean-Marie Le Pen, grâce au vote des électeurs de gauche qui appliquent massivement le tout nouveau concept de front républicain, une pratique qui se perdra un peu par la suite. Dans le gouvernement de Jean-Pierre Raffarin, François Fillon devient ministre des Affaires sociales, du Travail et de la Solidarité. Il aurait voulu la Défense mais il est le troisième dans l'ordre protocolaire juste derrière Nicolas Sarkozy, cela ne se refuse pas. Cette fois, il demande à Penelope de le suivre à Paris. Il a de tendres arguments : il veut voir grandir son dernier fils, ne pas rater ses premières années comme ce fut pour les aînés. Penelope est désespérée mais ce que François veut…

Adieu, chevaux, poulains et concours équestres.

Pour une fois qu'elle s'amusait.

11.

L'art de l'invisibilité

Récapitulons : Penelope a été salariée en tant qu'assistante parlementaire de son mari de juillet 1986 à décembre 1990, puis à nouveau à partir d'avril 1998. Elle était jeune, lui aussi. Il débutait dans la carrière. Il n'est pas le seul politique à avoir prié sa femme de l'épauler. Sans parler de tous ces chefs d'entreprise, médecins, ou autres mâles exerçant des professions libérales qui demandent à leurs épouses de s'occuper de leur secrétariat ou de leur comptabilité, parfois au noir. Souvent, c'est parce qu'ils tirent le diable par la queue, il faut bien se lancer dans la vie, quitte à bricoler un peu. Péché de jeunesse.

En cette mi-année 2002, Penelope va fêter ses 47 ans, François en a 48. Sa femme, ainsi que leurs cinq enfants sont logés, et souvent nourris, par la République. En tant que ministre, il gagne 13 300 euros bruts par mois, dont 20 % sous forme d'indemnités non imposables. L'une des premières décisions du président Sarkozy a, en effet, consisté à relever les rémunérations des ministres de 70 % (en contrepartie, c'est vrai, d'une suppression des très opaques fonds spéciaux dont ils se servaient auparavant pour arrondir leurs fins de mois). Avec ces conditions de vie plus que confortables (même si François dira plus tard, sans rire, qu'il n'a jamais réussi à mettre un sou de côté), tout pourrait s'arrêter en 2002, les petits bricolages, les petits arrangements. Mais tout continue.

Vingt ans après sa première et brève tentative, Penelope doit s'accoutumer à la vie citadine. Pas dans le pire des quartiers, rue de Grenelle, à deux pas du Champ-de-Mars. Et de l'École militaire où, en tant que femme de ministre, elle pourra monter les chevaux de la République. Pas dans les pires conditions, l'Hôtel du Châtelet qui accueille en son premier étage les appartements privés du ministre du Travail possède un magnifique jardin à la française où Arnaud, bientôt, pédalera sur son tricycle. Non, elle ne peut pas vraiment en vouloir à François d'avoir voulu rassembler ici sa famille, les grands qui sont déjà en études supérieures, Édouard qui est au collège et le petit dernier. La vie simple de Beaucé, l'air, la pluie, les bottes en caoutchouc, l'odeur du crottin, tout lui manque mais elle est anglaise, elle a appris à ne pas s'expliquer et encore moins se plaindre. Elle aimerait, pourtant, continuer à mener ce qu'elle appelle une « vie normale ». Elle a un modèle précis en tête, Denis Thatcher. Quand elle a quitté son pays, il habitait 10, Downing street mais il n'apparaissait jamais aux côtés de Maggie. « La force de mon père consistait à être présent sans jamais être là », disait à son sujet la fille de la Dame de fer. Parfait, ce sera la ligne de conduite de Penelope.

Il en a parcouru du chemin, François, depuis leur premier baiser. Le voici maintenant, chargé de dossiers hyper sensibles, comme cette réforme des retraites dont tout le monde parle mais que Penelope a renoncé à comprendre. Elle, pendant ce temps, elle a donné la vie à cinq enfants. Elle jure que si Arnaud ne s'était pas annoncé, elle aurait cherché un travail. Un travail rien qu'à elle, pas un de ces petits boulots que lui déniche François, un job qui lui procurerait un salaire dont elle disposerait comme elle le souhaite et qui n'atterrirait pas illico sur le compte commun. Qu'est-ce qui l'en empêche exactement ? Cette vieille idée, encore, qu'on ne peut pas être une bonne mère si on travaille ? Ou bien le fait qu'elle occupe déjà un emploi auprès de son mari, fort bien payé et pas très prenant ? Peut-être faut-il mettre ses tergiversations sur le compte de ce manque d'assurance qui lui empoisonnait déjà la vie à quinze ans, cette peur de voler de ses propres ailes que l'on croit juguler en retardant le moment du décollage mais qui, au final, vous cloue au sol ? Est-ce un hasard si elle ne réussit pas à se débarrasser, malgré le stage qu'elle suit chez Air France, de sa terreur de l'avion ? En bateau aussi, l'angoisse la submerge. Elle n'est bien que sur le plancher des vaches, surtout si ces dernières sont galloises. Quelle idée, entre nous, d'épouser un Français quand on est si attachée à son île natale mais qu'on a horreur de voyager par air et par mer. Penelope peut dire merci à Eurotunnel.

Je me demande si elle a lu le livre d'Erica Jong, *Fear of flying*, traduit en français sous le titre

Le complexe d'Icare[1]. A priori, ce best-seller n'a pas pu lui échapper, il est sorti quand nous avions dix-huit ans, Penny and me, et il s'en est vendu 27 millions d'exemplaires dans le monde, dont sans doute 99 % achetés par des lectrices. Pour celles et ceux qui auraient manqué ce monument de la littérature féministe (salué par Henry Miller comme un *Tropique du cancer* au féminin), il y est question d'une femme poétesse new-yorkaise, Isadora Wing (elle aussi a terriblement peur en avion, d'où le titre) qui décide de larguer son mari. Et de vivre la bohème et toutes les fantaisies sexuelles imaginables, et même celles qui le sont moins, avec un bel Anglais, rencontré à un congrès de psychanalystes à Vienne. « Parce que c'est ma vie et que je fais ce que je veux » dit-elle. Vous l'avez compris, cette aventure très *hot* lui ôte sa peur de l'avion. « La vraie révolution de mon livre, c'est l'acte d'émancipation émotionnelle, pas seulement sexuelle », commente Erica Jong. Aujourd'hui, elle a 75 ans, en est à son quatrième mari (un avocat spécialisé dans les divorces, c'est commode) et on ne sait pas à combien d'amants mais à la façon dont elle parle, dans une interview récente, de son jeune laveur de vitres, on comprend que la liste est loin d'être close.

1. Robert Laffont, 1976.

À Paris, au lieu de s'envoler, Penelope accepte de rester bien sagement dans sa cage. Dorée certes, mais cage tout de même. Depuis qu'il a été nommé ministre, François, c'est la règle, a laissé son poste de député à son suppléant, Marc Joulaud. Natif de la Mayenne, Marc est le suppléant idéal, celui que recherchent la plupart des députés. Pas forcément le plus brillant mais le plus discipliné. Selon la loi du « Tout le monde le fait » (sous-entendu : « donc c'est normal »), l'objectif est que, le jour venu, ledit suppléant rende sans rechigner son fauteuil au vrai patron de la circonscription. Effectivement, on ne voit pas comment Marc Joulaud pourrait refuser de s'éclipser. Il n'y a pas une ligne de son CV, à commencer par la première en 1992 juste après sa maîtrise de droit quand il est engagé à la mairie de Sablé-sur-Sarthe, qui ne doive tout à François Fillon. Il sera député à cinq reprises. Quatre fois parce que François lui a laissé sa place et une seule en ayant été élu lui-même comme titulaire.

« On ne le considérait pas comme un vrai député », affirmera d'ailleurs la secrétaire de Fillon au policier de l'Office central de la lutte contre la corruption lorsqu'elle sera auditionnée dans le cadre de l'Affaire. « Ah bon ? » s'étonnera l'enquêteur. « Hélas, non, il est trop timide » soupirera la secrétaire. « Fragile aussi » ajoutent les gens de Sablé.

En juin 2002, Marc Joulaud remplace donc François Fillon à l'Assemblée. Et presque aussi sec, le mois suivant, il recrute une assistante nommée Penelope Fillon. Entre timides, ils vont se comprendre. Dans la vraie vie, la mienne, la vôtre sans doute, cette compatibilité de caractère aurait pu suffire à expliquer cette embauche. En réalité, François a tout arrangé avec Joulaud, Penelope n'a plus qu'à parapher ici, ici aussi en bas, et à signer là. On ne lui en demande pas plus. Pour le moment.

A-t-elle seulement tiqué en découvrant le montant de la rémunération ? Lorsque le scandale éclatera, les défenseurs des Fillon communiqueront uniquement le salaire net (6010 euros) un chouia moins impressionnant que le brut qui doit être au bas mot de l'ordre de 7500 euros (estimation basée sur un taux de charges sociales de 20 %). Oui, sept mille cinq cents euros. Le chiffre s'affiche insolemment en chiffres et en lettres sur le contrat.

Pour la peine, j'ai ressorti mes bulletins de salaires de 2002, c'est à 10 % près (en ma faveur) ce que je gagnais à l'époque, c'est fou décidément ce que nous avons en commun. Sauf que j'avais l'impression d'être très bien payée, que j'avais un vrai diplôme d'une école considérée comme grande et que je bossais comme une dingue et sans interruption depuis déjà 23 ans. Penelope a-t-elle conscience que très peu de femmes atteignent « notre » niveau de rémunération ?

À quoi pense-t-elle quand elle voit ces deux lignes sur son relevé bancaire émis par le Crédit agricole de Sablé, qui chaque mois font transiter son salaire de son compte personnel au compte joint du couple ? Essaie-t-elle de glisser à François que c'est un peu beaucoup pour ce qu'elle fait ? C'est-à-dire, selon ce que j'ai pu reconstituer, passer une ou deux fois par semaine au ministère prendre le courrier que les Sarthois ont adressé à François, leur ancien député (ce qui ne doit pas peser des tonnes) et y répondre au nom du nouveau, Marc. Sans faute d'orthographe, il est vrai mais c'est un peu la moindre des choses. Devant les policiers, Penelope expliquera plus tard que sa présence aux côtés de Marc Joulaud a aidé ce dernier à s'imposer au niveau local. Mais sa présence où, exactement ? Très rarement dans les manifestations locales, on l'a dit. Pas à l'Assemblée nationale où aucun des assistants parlementaires de tous bords politiques que j'ai interrogés ne l'a jamais croisée, pas à la mairie de Sablé qu'elle n'a pas plus fréquentée. Pas à Beaucé, fermé aux étrangers. Où alors ? On ne *voit* pas, c'est le cas de le dire. Mais peut-être s'agit-il encore d'un effet de cet étrange mal qui la frappe : Penelope est là mais personne ne la « calcule », comme on dit. Elle n'imprime pas. Comme *L'homme invisible*, la série télévisée de mon enfance inspirée du roman éponyme de H.G. Wells, elle aurait dû s'entourer le corps de bandelettes pour apparaître sur les photos.

Elle l'a fait une fois. À l'automne 2002, la femme invisible est devenue visible. Furtivement, l'espace d'une semaine, dans *Paris Match*, l'hebdomadaire qui, curieux hasard, a publié six mois plus tôt un si charmant reportage sur les Sarkozy. Nicolas, alors ministre de l'Intérieur, trône Place Beauvau, Cécilia debout à ses côtés, les bras solidement appuyés sur le bureau, genre « il est un peu à moi aussi ce job ». Et en train de jouer sous la table, Louis, 5 ans. La référence à la photo de John Kennedy dans le bureau ovale avec le petit John-John est évidente. À défaut de pouvoir devenir président des États-Unis, Nicolas Sarkozy se pose en futur Premier ministre et informe, au passage, le pays qu'il est un mari et un père comblé.

François Fillon aussi vise Matignon, comme le raconte sa biographe, Christine Kelly[1] : « Il est parfois jugé individualiste, précieux et calculateur. Il est encore décrit comme l'anti-Sarkozy, avec ses méthodes de l'ombre et sa discrétion. L'un et l'autre saisissent la moindre occasion de s'envoyer des piques. Les deux sont de potentiels Premiers ministres », écrit-elle.

François l'avait promis à Penelope, pas d'étalage de la vie privée, pas de photos ni d'elle ni des enfants, ni de leur sanctuaire de Beaucé. Elle ne doutait pas une seconde de sa capacité à tenir l'engagement. Lui aussi est tellement pudique. C'est de famille d'ailleurs, ses frères sont pareils. Chez les Fillon, on ne se répand pas. Mais en cet automne 2002, il demande une exception. Pour une fois, une seule. Eh oui, Penelope, cela s'appelle de la communication politique (plus tard, on parlera de *storytelling*), il faut savoir faire preuve d'un peu de souplesse dans la vie.

Le reportage paraît le 3 octobre. Il est titré « Fillon, le diplomate » parce que, explique l'article, « François Fillon s'apprête à réformer les

1. *François Fillon, Les coulisses d'une ascension,* Archipel, 2017.

35 heures… avec doigté ». Les photos qui l'accompagnent montrent les sept Fillon en train de prendre leur petit déjeuner, tout sourire comme s'ils passaient un casting pour la pub Ricoré. On les suit aussi pour un portrait de groupe dans les prés, mais là ils sont neuf, on a convié un cheval et le setter irlandais. Sur un autre cliché, à Paris cette fois, le ministre de 48 ans, véritable père modèle, aide Arnaud à faire ses premiers pas dans le jardin du ministère. Penelope suit, le doudou à la main. Elle a déjà les cheveux blancs qu'on lui connaît. Elle ne cherche pas à paraître plus jeune que son âge. Comme quoi, elle ne cède pas sur tout.

En avril 2004, la famille déménage du 127, rue de Grenelle au 110, rue de Grenelle car dans le troisième gouvernement Raffarin, François change de portefeuille, mais pas de rang, ouf ! Il devient ministre de l'Éducation nationale, de l'Enseignement supérieur et de la Recherche, il est toujours numéro 3, derrière Nicolas Sarkozy. Fin novembre, François grignote une place mais par forfait. Son rival, qui vient d'être élu président de l'UMP avec 85 % des voix, a démissionné du gouvernement comme l'exigeait le président Chirac.

Un an plus tard, le 31 mai 2005, Jean-Pierre Raffarin quitte Matignon, remplacé par

Dominique de Villepin. François Fillon attend un appel de Jacques Chirac qui n'arrive que le surlendemain. Il n'est plus numéro deux, ni trois, ni quarante-cinq, il est éjecté du gouvernement. Sarkozy, lui, récupère sa place. La stratégie de la famille Ricoré n'a pas fonctionné. « Tout ça pour ça », doit penser Penelope.

Publiquement, elle dit seulement que ses valises étaient prêtes : « François a eu un coup de fil à 13 heures. À 17 heures, on était sur la route pour Solesmes. » Dans ce sens-là, elle est toujours prête à partir.

De retour dans son manoir, François organise sa vie comme le font les hommes d'action quand ils ont enfin un peu de temps libre. Il s'occupe des courses, de la cuisine, joue avec son fils. Pendant deux semaines. Les deux années suivantes, il s'occupe de lui. D'abord, il se présente aux sénatoriales de la Sarthe, une élection qui est presque une formalité tant il est puissant dans la région. Puis, il décide d'écrire un livre et comme il a besoin de calme pour se concentrer, il reste seul dans la Sarthe pendant que Penelope et Arnaud sont priés d'aller jouer ailleurs, à Paris ou chez l'une de ses sœurs, je ne sais pas. La voisine, Marie-Armelle Lelièvre, qui, à 500 mètres de chez les Fillon propose des chambres d'hôtes (j'y ai fort bien dormi) raconte qu'elle se chargeait d'apporter à manger à l'écrivain. L'œuvre une fois bouclée, il revient à la capitale pour travailler avec son nouveau meilleur ami, Nicolas Sarkozy, à l'élaboration d'un programme présidentiel pour les élections de 2007. Ils font si bonne équipe que Nicolas est élu et nomme François Premier ministre.

Penelope n'est pas tentée de s'interroger (si tant est qu'elle en ait envie) puisque la question, de toute façon, ne se pose pas : une femme de Premier ministre, a fortiori quand il s'appelle François Fillon et qu'il a mis en scène son couple tout autant que sa famille, doit suivre son époux. Elle vend ses chevaux à Anne-Laure David, une jeune cavalière de complet, rencontrée au bon temps où le dimanche elle partait avec sa petite famille à des concours hippiques. Le jour de la vente, lorsque la châtelaine de Beaucé dit au revoir à ses amis à quatre jambes, la mère d'Anne-Laure la voit pleurer. Preuve que les larmes de Penelope, au moins, sont visibles.

12.

Les lumières de Matignon

17 mai 2007. Non, non encore et… puis finalement oui. Que s'est-il passé pour qu'à onze jours d'intervalle, la femme de François finisse par surmonter ses répugnances et consente à se laisser flasher par une meute de reporters lors de la passation de pouvoirs à Matignon ? De mémoire de chef du protocole, on n'a jamais vu que les conjoints assistent à cette cérémonie rituelle où l'ex-Premier ministre accueille son successeur. La seule exception – et encore, pas tout à fait – date de plus de vingt ans, quand Françoise Fabius avait garé sa 2 CV rouge décapotée dans la cour pour aller papoter avec Gilberte Mauroy pendant que leurs hommes discutaient entre eux de choses sérieuses.

Oui mais voilà, Marie-Laure de Villepin l'a dit à son mari qui l'a dit à François, elle tient absolument à apparaître sur le perron, ce qui est impossible si la nouvelle locataire des lieux ne vient pas. Pas question, répond Penelope. S'il te plaît, implore François parce qu'il ne veut pas se mettre Villepin à dos pour si peu, déjà qu'ils ne sont pas en très bon termes. Peut-être mais Penelope refuse toujours, puis cède. François, à vrai dire, n'est pas à prendre avec des pincettes, il est furieux que Sarkozy lui ait piqué La Lanterne, la résidence dévolue au Premier ministre en bordure du château de Versailles. Elle, elle s'en fiche, elle préfère Beaucé. Mais bon, si elle pouvait ne pas ajouter à l'humiliation de son mari d'autres contrariétés, la République lui en serait reconnaissante.

Ce jeudi, le couple Fillon parcourt donc à pied et sous une pluie fine les 300 mètres qui séparent leur domicile parisien de la rue de Varenne. François marche d'un pas déterminé, elle suit quelques mètres derrière dans les jambes des officiers de sécurité. Il ne s'aperçoit qu'une fois arrivé en bas du perron qu'elle est à la traîne, il lui saisit subrepticement le bras comme s'il y avait un risque qu'elle reparte en courant.

Les Villepin sont là, tous deux minces et immenses, qui les attendent. Penelope comprend instantanément pourquoi Madame de Villepin a tellement insisté. Elle est superbe dans son pantalon blanc pattes d'éléphant qui met en valeur sa silhouette. Mais c'est la veste surtout qui attire tous les regards. Blanche avec des impressions bleues, comme de petites pancartes, qui disent au revoir dans toutes les langues, *Adios*, *Bye-bye*, *Ciao Ciao*, *Salut*. À la fois chic – la veste sort clairement d'une bonne maison – et spirituel. Toute femme a un jour connu ce moment de grande solitude où, telle une Cendrillon avant que le Prince ne lui trouve chaussure à son pied, elle arrive ébouriffée et les chaussures crottées à une réception où les autres semblent avoir toutes été emballées dans du papier cadeau. C'est ce que ressent Penelope en cette journée de printemps grisouille dans son pantalon marron informe, ses chaussures plates, sa veste en lin grise chiffonnée et son sac en bandoulière qui serait parfait sur le marché à Sablé.

Ces débuts dans « le monde » sont encore pires qu'elle le craignait. Pendant la campagne présidentielle, dès que Ségolène a commencé à baisser dans les sondages tandis que Nicolas s'approchait de la victoire, elle, qui se confie si peu habituellement, expliquait à ses amies combien elle redoutait d'endosser le rôle de « femme de Premier ministre ». Elle répétait que cette exposition n'était pas pour elle, que coûte que coûte, elle s'obstinerait à vivre le plus normalement possible. Maintenant, elle réalise que cette existence tranquille à laquelle elle aspire lui sera sans doute interdite. À Paris, il faut être mince, sophistiquée et influente, sinon on n'existe pas. Elle songe à Cécilia qui, hier, lors de la cérémonie d'investiture à l'Élysée, semblait aimanter les caméras dans sa belle robe en satin ivoire de chez Prada. Une femme influente, Cécilia, on murmure qu'elle a donné son veto à la nomination de certains ministres. Eût-elle voulu en faire autant, Penelope aurait eu du mal, elle n'en connaît aucun.

De tout temps, elle a préféré écouter la BBC plutôt que les radios françaises, qu'elle juge si agressives avec leur rafale de questions posées à des invités auxquels on ne laisse pas terminer une seule phrase. Elle n'a pas changé de fréquence. Même à Matignon, au cœur du pouvoir, où il serait peut-être bon qu'elle s'informe, sente l'air du temps, écoute la petite musique des élites, la voix du peuple qui gronde. Elle fait tout le contraire, tentant de s'isoler chaque jour un peu plus des bavardages parisiens. En vain. Ces bruits incessants et vulgaires s'infiltrent jusqu'à elle. Les ricanements emplissent ses oreilles. Vous ne trouvez pas que cette Anglaise est mal fagotée, vraiment elle ne valorise pas son mari, lui qui fait si jeune, il n'est pas souriant mais assez élégant, non ? C'est bien normal qu'il regarde ailleurs. Vous pensez que c'est pour le retenir qu'elle a fait un enfant à son âge ? Ou bien le contraire, il a trouvé là le moyen de l'empêcher de partir ? Trois siècles après la mort de Louis XIV, les conversations dans les restaurants huppés de la Rive droite ressemblent à celles qui plaisaient tant à la Cour à Versailles.

Partout où elle pose son regard, partout où François l'emmène, elle ne voit que des femmes brillantes aux CV aussi longs que le talon de leurs escarpins. Celles qui sont au gouvernement, les Christine Lagarde, les Valérie Pécresse, les Rachida Dati, les Roselyne Bachelot, les Rama Yade. Mais aussi les épouses des ministres qui étincellent tandis qu'elle, Penelope, fait si pâle figure. Il y a des journalistes stars, Christine Ockrent et Béatrice Schönberg, une banquière, Florence Woerth, des femmes d'affaires ou cadres sup, Isabelle Juppé ou Brigitte Taittinger-Jouyet, une géographe professeur de faculté et écrivain, Sylvie Brunel-Besson. Et une femme au foyer, une seule, Penelope Fillon.

C'est dans ce contexte de légère déprime qu'elle accepte, la semaine de son emménagement à Matignon avec trois des enfants (les deux grands ont quitté le foyer), de rencontrer la correspondante en France du *Sunday Times*, Kim Willsher. Le service de presse du Premier ministre ne s'inquiète pas de cette interview, ou bien il n'est pas encore opérationnel ou encore pas informé, en tous les cas, il laisse la femme du PM (c'est ainsi qu'on parle chez les communicants) seule à l'entretien. Une grosse bourde, vue d'aujourd'hui, puisque les rushes de la rencontre, on l'a dit, joueront un rôle majeur dans l'Affaire. Au fil de la conversation, Penelope raconte qu'elle vient de reprendre des études de littérature anglaise et qu'elle commence à étudier Shakespeare qui est, selon elle, « un merveilleux antidote aux Français ». Sur ce dernier point, j'ai interrogé deux éminents spécialistes, et ils ne voient pas du tout ce qui chez Shakespeare pourrait servir de contrepoison aux maux hexagonaux mais peu importe. Retenons qu'à 51 ans, Penny entreprend quelque chose pour elle, une activité qui ne la cantonne pas au rôle de mère ou d'épouse. Et si elle parvenait enfin à vaincre sa peur de voler ? J'ai presque envie de croiser les doigts pour elle.

Pour changer de vie, une fois la cinquantaine passée, il faut être soit aventureuse soit très malheureuse. Ou encore tomber soudainement et follement amoureuse. Penny ne coche pas la première case (ayant déjà épuisé son stock de témérité en se mariant avec un étranger – qui plus est français). Et apparemment, pas non plus les deux autres. Ou alors pas suffisamment car, hormis ses cours de littérature, elle continue comme avant. Après tout, ce n'est pas si mal Matignon. Oui, Penelope, on a connu pire.

Divine surprise, les premiers portraits d'elle dans la presse, y compris française, sont plutôt flatteurs. Elle y lit des choses qu'on ne lui a jamais dites. Son oncle maternel, Bryan Jones, explique qu'elle est une vraie lady. Le député et urologue, Bernard Debré, qui l'a croisée à un dîner apprécie son humour délicieusement british. Carla, lorsqu'elle débarque dans la vie de Nicolas et l'accueille dans sa villa du Cap Nègre, remarque qu'elle est réservée (on avait remarqué) mais note son calme et sa gentillesse. Ce qu'elle pensait être ses moins deviennent des plus. Flagornerie peut-être, on loue sa simplicité et sa modestie. Des qualités un peu mièvres mais qu'importe, c'est si doux à entendre.

On note sans y mettre de nuance critique que la femme de François Fillon n'aime rien tant que la campagne et le jardinage et qu'elle ne s'intéresse en aucune façon à la mode. Ainsi encouragée, la prudente Penelope s'enhardit. C'est nouveau et grisant à la fois.

En octobre, elle accepte de poser pour une série de portraits, requête que le service de presse de Matignon formulait depuis des semaines. Elle choisit elle-même le photographe, un Anglais of course. Harry Borden qui a placé sous son objectif de très nombreuses célébrités, de Margaret Thatcher à Elton John, ne se souvient pas bien de la séance, seulement de la pudeur et de la touchante bonne volonté de son modèle. Il cadre en plan américain pour une photo qui pourrait être celle d'un monarque anglais. Debout devant une fenêtre habillée de lourdes draperies rouges, Penelope a mis une veste en lin marron (elle adore le lin, c'est pour cela qu'elle est souvent toute chiffonnée). Au fond, on aperçoit les grands arbres du jardin de l'Hôtel Matignon.

Elle s'enhardit de plus en plus. Quand on lui suggère d'inviter à déjeuner les épouses et époux des ministres, non seulement elle s'implique dans l'organisation de l'événement mais elle décide de bouleverser quelque peu les règles habituelles du genre qu'elle trouve trop compassées. Pas de plan de table suivant le rang protocolaire du conjoint, décide-t-elle, chacun tirera au sort une carte à jouer qui déterminera sa place.

Les convives, parmi lesquels quelques hommes comme Patrick Ollier et Xavier Giocanti, les compagnons respectifs de Michèle Alliot-Marie et Christine Lagarde, apprécient. Certains ont apporté un petit cadeau, ainsi Sylvie Brunel, épouse à l'époque d'Éric Besson, cavalière elle aussi qui lui remet un tapis de selle brodé à son prénom, *Penelop*e. Ils repartent avec un petit souvenir, une jolie photo de Matignon avec au verso la liste des invités du jour. Penelope veille aux deniers de la République.

À l'été 2011, les membres du cabinet du Premier ministre sont conviés à dîner en couples. Quatre-vingts personnes sont attendues, un soir de semaine, il fait beau, on prendra l'apéritif sur la terrasse. Penelope décide de renouveler son opération « plan de table surprise ». De l'autre côté de la rue où sont situés les bureaux des conseillers, la nouvelle se répand dans l'après-midi. Et c'est rien de dire qu'elle déplaît. Déjà que certains conjoints ont accepté à reculons de venir, si en plus ils se retrouvent entre deux inconnus… Le directeur de cabinet reprend les choses en main. Pas question de séparer les couples ! Un peu tradi, sans doute, le dircab. Mais Penelope aurait dû s'en souvenir, elle aussi, dans la chapelle de Llanover, elle a juré devant Dieu : « François, je te prends comme époux pour le meilleur et pour le pire, dans la richesse et la pauvreté… »

Le pire reste à venir.

13.

Seconde dame

L'inconvénient ou l'avantage avec la vie de palais, c'est qu'on y prend goût. Et Penelope, la galloise, la paysanne, la dresseuse de chevaux, ne fait pas exception à la règle.

En tant que « seconde dame », Madame Fillon est évidemment sollicitée pour assister à toutes sortes de manifestations et parfois pour les présider ou les parrainer. Les premiers temps, les services de Matignon essayent de lui imposer leur agenda, mais comme elle redoute les flashs et les caméras, elle ne se laisse pas faire. Contrairement à Carla Sarkozy, par exemple, elle n'accompagne pas son mari à la cathédrale Notre-Dame pour la cérémonie à la mémoire des 228 victimes du vol Rio-Paris d'Air

France. Il est vrai que ce n'est pas l'endroit idéal pour quelqu'un qui a peur de l'avion.

Quand elle n'a pas le choix, pour la parade militaire du 14 Juillet ou les dîners officiels à l'Élysée, l'épouse du Premier ministre se fait remarquer bien malgré elle avec ses mocassins façon Reine d'Angleterre qu'elle porte y compris avec une robe longue. Elle se force pourtant, rarement, à aller dans des défilés de haute couture, tradition oblige. Mais elle y est autant à sa place qu'une horde de fourmis à un pique-nique (*as a horde of ants at a picnic*, équivalent britannique de notre « chien dans un jeu de quilles »).

En revanche, s'agissant d'événements culturels, en petits comités, elle ne dit pas non, bien au contraire. Vernissages, avant-premières, concerts… Penelope, que les partisans de François décriront au moment de l'Affaire comme un être effarouché, accepte nombre d'invitations, elle se met même à en solliciter quelques-unes. Son obsession de mener la vie des gens normaux s'amenuise au fur et à mesure qu'elle découvre les privilèges réservés aux happy few. Visiter une exposition au cours d'une soirée privée une coupe de champagne à la main, c'est nettement plus agréable que faire la queue sous la pluie au Grand Palais. Au théâtre, être assise dans le Carré Or, ces quelques places des premiers rangs face à la scène, ce n'est pas désagréable non plus. Et constater que votre opinion importe, c'est d'autant plus stimulant qu'à la maison, elle n'a pas l'habitude. Elle n'est pas dupe, elle sait bien que ces gens trouvent ses remarques pertinentes essentiellement parce qu'elles sortent de la bouche de la femme de… Mais tout doucement, elle se laisse anesthésier par ces menus plaisirs.

Dans sa nouvelle vie, Penelope se fait plein de nouveaux amis. Pour la première fois, c'est elle, et non l'inverse, qui présente à François (et non l'inverse) des personnalités telles que Muriel Mayette, administratrice générale de la Comédie Française, Brigitte Lefèvre, directrice de la danse à l'Opéra de Paris ou encore le chef d'orchestre franco-américain William Christie. À l'occasion, elle propose ses services de lobbyiste bénévole : « Que voulez-vous que je dise à François ? »

Le 25 août 2009, elle accueille toute seule, comme une grande, le ministre de la Culture à l'ouverture du 31e Festival de musique baroque de Sablé, car François est retenu à Paris par le président. Cet événement sera d'ailleurs, pendant l'Affaire, une sorte de pièce à conviction de la défense des Fillon, une preuve qu'il « arrivait à Penelope de représenter son mari lorsqu'il était absent, notamment dans les événements culturels qui l'intéressaient moins ». À voir l'insistance des avocats à citer cet exemple, je me demande s'ils en ont d'autres dans leurs escarcelles.

Cela dit, la soirée à Sablé est mémorable, en effet, car Frédéric Mitterrand, me le confirme, Penelope lui a tapé dans l'œil. Au point qu'il lui consacrera quelques lignes dans son livre de souvenirs paru en 2013[1] : « Elle est tellement différente des autres femmes que l'on rencontre dans les allées du pouvoir qu'elle me fait penser aux personnages incarnés par Maggie Smith ou Deborah Kerr, "L'Anglaise romantique" si jolie et si discrète, qu'elle pose sa bombe au quartier général des terroristes sans éveiller l'attention et sort les otages du brasier à temps pour ne pas rater l'heure du thé et le programme sur les jardins à la télévision ».

L'amateur de sagas romanesques parfois un peu édulcorées s'extasie aussi sur le couple qu'elle forme avec François. « Quand il parle d'elle, ce qui arrive souvent, le Premier ministre dit toujours "Penelope". Après 30 ans de mariage, elle

1. *La récréation*, Robert Laffont.

continue à l'étonner et on sent à quel point il l'aime. » Je ne suis pas très sûre de l'expertise de Frédéric en matière de félicité conjugale car, à Paris comme à Sablé, les rumeurs vont toujours bon train. À une amie qui se plaint auprès d'elle des infidélités de son mari, Penelope répondra un jour en soupirant : « Oh, il y aurait beaucoup à dire sur le sujet ». Understatement, typiquement british...

Les vacances en tout cas se passent en famille et en Italie. Jane, la sœur de Penelope, et son mari Pierre Fillon, le frère de François, et leurs enfants sont en général de la partie. Ils ont l'habitude de se retrouver en Toscane, ou dans les Pouilles. En 2010, ils débarquent à une quinzaine (sans compter les agents de sécurité que le propriétaire des lieux estime à une bonne trentaine) dans la Villa Petrolo, une magnifique maison du XVIIIe siècle, un peu en dessous de Sienne. 16 chambres et 14 salles de bains, cuisinier, piscine, court de tennis et jardin d'un hectare. Mieux encore qu'à Beaucé et avec le soleil en prime.

Penelope adore ces moments. Avec Jane, sa sœur réelle et de cœur, elles papotent, lisent au bord de la piscine, se promènent, jouent avec les enfants, font de la bicyclette pendant que les hommes vivent leur vie et parcourent les routes toscanes. La belle vie. Loin des regards, à l'abri, comme elle aime.

Enfin, pas tout à fait. En mars 2011, *Charlie Hebdo* publie un article sur leurs vacances italiennes et raconte, notamment, qu'en 2009 le président de Ferrari, le marquis Luca Cordero di Montezemolo, a confié l'un de ses bolides à François et Pierre Fillon. Rien de bien méchant, ni d'illégal, bien sûr, mais plusieurs éditorialistes relèvent le contraste avec l'image de bourgeois de province, sobre et austère que veut donner le Premier ministre. Première lézarde dans le storytelling qu'il écrit avec soin depuis tant d'années, avec Penelope comme preuve vivante de sa simplicité et de sa vertu.

Oui, François Fillon conduit parfois des voitures de sport qui lui sont prêtées, confirme alors le service de presse. Monsieur di Montezemolo est un ami proche du Premier ministre, et de tels prêts sont très courants. Décidément, la défense sur le mode « tout le monde le fait » est une habitude chez François Fillon (pourvu que les écoliers ne le découvrent pas, ils pourraient en tirer profit). Le porte-parole ajoute qu'il est consterné de devoir répondre à de telles questions alors que le gouvernement est en pleine réunion suite à la catastrophe de Fukushima au Japon. En réalité, Matignon s'intéresse beaucoup à l'origine d'une fuite qui, comme par hasard, surgit deux ans après les faits à un moment où les sondages indiquent qu'une majorité de Français souhaite voir Fillon représenter la droite à la présidentielle 2012 plutôt que le sortant, Sarkozy. Toute ressemblance avec des faits postérieurs n'est pas fortuite.

Pas si grave, l'affaire ne s'écrit pas encore avec un grand A. Elle glisse. Mais que pense la douce Penelope ? Ose-t-elle affronter François et lui dire que ce n'est pas une bonne idée, pour un homme qui se veut anti bling-bling, d'accepter des petits cadeaux des puissants ? Lui rappelle-t-elle que déjà à Noël dernier, la presse avait fait tout un plat à propos de leur escapade à Assouan avec les enfants, transportés par un Falcon de la flotte française puis tous frais payés, sur place, par le gouvernement égyptien, de l'hôtel cinq étoiles à la balade sur le Nil ? Lui fait-elle remarquer qu'on n'est plus au temps de Mitterrand dont les escapades, dans un palace d'Assouan également, avec sa deuxième femme et sa fille cachées ne faisaient jaser que quelques initiés ? Le temps où la presse était plus respectueuse et les juges beaucoup moins curieux et tenaces.

Évidemment, je ne sais pas ce que Penelope a dit à son mari. Tout juste puis-je deviner ce qu'aurait fait Yvonne de Gaulle.

14.

Tante Penny

« On est bien d'accord, Bruno, vous ne me faites pas une coupe à la française ! » C'est devenu une sorte de private joke entre Penelope et son coiffeur. Aujourd'hui, Bruno Liénard manie les ciseaux à Deauville mais quand elle lui confie sa chevelure déjà blanche, il tient salon rue de Commaille. Un salon qu'elle a choisi parce qu'elle peut venir à pied de Matignon et aussi parce qu'elle ne risque pas d'y avoir Catherine Deneuve ou une autre star comme voisine de bac, Bruno est un spécialiste des enfants. C'est d'ailleurs ainsi qu'ils ont sympathisé, elle amenait ses garçons se faire couper les cheveux dans ce décor de conte de fées où on s'assied dans des donjons ou sur des chevaux de bois (sans doute, l'option de Penelope). D'accord mais que signifie une « coupe à la française ? « Simplement que Madame Fillon voulait rester naturelle, et garder ses cheveux blancs. Je ne lui ai d'ailleurs jamais proposé de les teindre, ça lui va merveilleusement bien ».

Ainsi *français* désignerait, pour Penelope, ce qui n'est pas naturel ? C'est en tout cas un réflexe bien ancré, chez elle, d'attribuer une connotation négative à tout ce qui est tricolore. Aïe, j'y pense à l'instant… *Français* dans sa forme ancienne se disait *françois*.

Ce qui est sûr, c'est que le temps n'arrange rien à sa vision des choses. Les médias britanniques, qui la sollicitent beaucoup au moment de son installation à Matignon, 27 ans donc après son émigration, n'ont pas besoin d'insister pour qu'elle se lance dans des comparaisons qui sont, « exclusivement à charge », selon l'expression qu'affectionne François. À l'écouter, on comprend qu'elle ne se soit pas précipitée pour demander (douze ans après son mariage) la nationalité française.

Best of : « Les Français se sentent un peu supérieurs aux autres… Ils sont plus cassants plus stricts… On dit que les Anglais sont froids et inamicaux. Je pense parfois que c'est plutôt l'inverse. Les Français ne sont pas particulièrement

Je connais bien Brittany Ferries. J'ai souvent utilisé ses bateaux et je suis toujours arrivée saine et sauve ». L'Anglaise Elaine Hardiman-Taveau, présidente de Asperger Aide France qui soutient les personnes atteintes de cette forme d'autisme, lui demande de devenir marraine de son association ? *With pleasure, my dear.* Elaine reconnaît volontiers que sa nationalité a été un atout. « Nous nous sommes tout de suite bien entendues, nous venons du même milieu, vous comprenez ? » Flairant la logique de classe, je demande des précisions d'un ton doucereux qui cache mal un intense agacement : « Même milieu, c'est-à-dire ? » Pas du tout démontée, Elaine me répond gentiment : « C'est difficile à expliquer, un langage, une retenue... Nous sommes anglaises, voyez-vous, nous n'aimons pas nous mettre en avant. » La discrétion n'empêche pas de se constituer un joli petit réseau de relations, semble-t-il.

Cela étant dit, parfois, seul le cœur parle. Et s'il y en a qui n'en revient toujours pas d'avoir aussi facilement convaincu Penelope de venir dans son village de Frelinghien, entre Armentières et Roubaix, juste à la frontière avec la Belgique, c'est bien Bernard Cousin. Agriculteur de son état et historien amateur. Si jamais, un jour, Penelope doit affronter un procès, je suggère à son avocat d'appeler Bernard à la barre.

D'ailleurs, je le laisse témoigner en reproduisant mot pour mot le récit qu'il m'a livré.

« J'ai été marqué par les histoires sur la Première Guerre mondiale que me racontait ma grand-mère. Chez nous, à Frelinghien, le mois de décembre 1914 avait été particulièrement humide si bien que les terrains étaient gorgés d'eau. La nuit de Noël, un épais brouillard s'est formé. Sans le vouloir, les Allemands et les Alliés se sont retrouvés face à face, chacun à un bout du terrain de football.

L'Hauptmann Maximilian Freiher Von Sinner du 371e Panzer grenadiers, bataillon de Marienberg et le Captain Clifton Inglis Stockwell des Royal Welsh Fusiliers Wexham se sont rencontrés dans le no man's land, ils ont bu un verre sous les vivats des soldats. Très vite, des deux côtés, les camarades ont quitté leurs tranchées. Les Allemands, qui avaient pris possession de la brasserie du village, ont apporté deux barils de bière, les Gallois ont sorti leur *corned-beef* et leur plum pudding, ils ont partagé et chanté des chants allemands et gallois. Le lendemain, les combats ont repris.

Avec un chercheur néerlandais qui se passionnait lui aussi pour cette époque, on a eu l'idée de poser une stèle en mémoire de ce moment de fraternité. On a réussi à retrouver des petits-enfants des belligérants et on les a invités. Début 2008, j'entends à la télévision que l'épouse du Premier ministre est galloise. Comme je sais que les Anglais célèbrent beaucoup plus la Trêve de Noël – eux ils disent Christmas Truce – que nous, je lui ai écrit pour lui annoncer notre projet. Elle m'a demandé de la documentation et m'a proposé de venir la lui apporter à Matignon. Elle a précisé : « Venez, vous et les vôtres ». Alors, je suis allé à Paris avec mes enfants, ma belle-fille, mes beaux-fils. Madame Fillon a été très gentille pour nous mettre à l'aise et très simple, avec beaucoup de délicatesse. Comme mon épouse n'était pas là, elle m'a demandé si elle avait été obligée de rester près des animaux. Elle a dit qu'elle connaissait bien le monde rural. Et finalement, elle est venue le 11 novembre 2008 à la messe, à la parade des régiments et elle a dévoilé la stèle. En partant, elle a écrit sur le livre d'or : « Merci pour cette cérémonie si émouvante et cette stèle qui sera un symbole de la fraternité essentielle de l'homme pour les générations à venir. »

Rien à ajouter, votre honneur.

Ah si, finalement, je pense que l'avocat de Penelope devrait faire également venir à la barre, Bruno le coiffeur. Lui aussi veut témoigner en faveur de Penelope.

Comme la mère Michel, Bruno avait perdu son chat. Kidnappé, pensait-il. Le félin s'appelait « 16 h 30 », sans doute en référence à l'heure de pointe dans le salon. « Un chat de gouttière certes mais il avait un charisme exceptionnel, tout le quartier le connaissait », raconte Bruno. Eh bien, Penelope le lui a retrouvé, son chat. Il n'a aucune idée de la façon dont elle s'y est prise « parce qu'elle n'est pas du genre à se vanter ». Une histoire ahurissante mais validée par une gardienne d'immeuble voisine. J'imagine déjà les agents du Renseignement intérieur mobilisés sur cette mission. « 16 h 30 est repéré, Début de l'exfiltration de 16 h 30… »

15.

Peur du vide

C'était bien la peine de se faire autant de souci. Comme elle les avait appréhendées ces années à Matignon ! Elles sont pourtant passées comme un souffle. Ce n'était pas gagné d'avance mais François a réussi à tenir tout le quinquennat. Il y a bien eu un moment où ça a chauffé, entre lui et Sarko, comme elle l'appelle, quand ce dernier a fait mine de vouloir nommer Borloo. Mais les choses se sont tassées. Aujourd'hui, son mari peut partir la tête haute. La droite a perdu les élections, certes mais il n'a pas démérité. Un autre François arrive à l'Élysée avec sa compagne Valérie Trierweiler, un couple aux antipodes du sien, et pas seulement parce qu'ils ne sont pas mariés. Elle a vu les images de Tulle, le soir du second tour, comment y échapper ? Les journalistes disent que Valérie a tout concocté, la musique de *La vie en rose* jouée à l'accordéon et le baiser sur la bouche. Jamais, jamais, elle n'oserait faire une chose pareille. Avec François, ils ne se tiennent jamais la main. Non, même pas pour la photo. On ne sait jamais où elle va atterrir…

Elle s'en souvient encore de cette épreuve qui lui avait été imposée au tout-début du quinquennat. Il ne fallait surtout pas, insistaient les chargés de communication de François, laisser tout l'espace médiatique à Sarko. Avec *Paris Match*, ils avaient donc concocté une séance photo « autorisée ». Penelope n'allait pas se dérober. Ils avaient posé dans le parc à Beaucé mais ils devaient paraître naturels, comme si on les avait surpris au retour d'une balade en forêt. La main droite de François était devenue caressante mais c'est à leur chien que s'adressait l'attention, heureusement. Finalement, l'hebdomadaire n'avait pas choisi ce cliché. Mais voilà que trois ans plus tard, en octobre 2010, il ressurgit. Et pas n'importe où, en une s'il vous plaît, avec ce titre « Penelope et François Fillon, sereins en pleine tourmente ». L'article s'interrogeait sur le possible limogeage de François par

Sarkozy et s'évertuait à montrer qu'il ne craignait rien. « Droit dans ses bottes » comme dirait Juppé.

Quelques jours plus tard, *Libération* découvrit que la photo datait de trois ans. Le cabinet, qui jusque-là n'avait pas pipé, soutint que le Premier ministre n'avait pas été informé de la une, il avait juste répondu à quelques questions « factuelles ». Bizarre, non ? La seule chose qui avait fait sourire Penelope dans tout ça, c'est la légende de la photo qui parlait de son chien « Même Paddy marche la tête haute, avec fière allure. » Où vont-ils chercher tout cela ? Et surtout, est-ce utile ?

Sans doute que oui. François, bien que maltraité et humilié par Nicolas, bien que martyrisé par ses hernies discales, est resté jusqu'au bout. Maintenant, il faut partir. Il pleuvait cette journée de cauchemar de 2007 où ils sont arrivés à Matignon. Aujourd'hui, 16 mai 2012, pour la passation de pouvoir avec les Ayrault, il fait beau et elle est beaucoup plus à l'aise. Mais surtout, une grande nouvelle a illuminé sa journée. Hier, Marie a accouché d'un petit Jules. Au moment où François perd son poste, il devient grand-père. Ils sont tous les deux ravis, bien sûr, mais lui ne le crie pas trop sur les toits. Il trouve que ça fait vieux.

L'été qui suit est calamiteux. Le 29 juillet 2012, deux jours avant l'anniversaire de Penelope (donc le jour du mien mais cela n'a aucun rapport), François dérape en scooter sur une petite route de l'île de Capri où il passe quelques jours en famille. Il se fait une mauvaise fracture à la cheville qui nécessite une opération complexe. À la blessure physique, s'ajoute un désagrément médiatique car les agences de presse italiennes révèlent que l'ancien Premier ministre était (encore) l'invité du milliardaire Luca Cordero di Montezemolo, le PDG de Ferrari, dans la superbe villa que ce dernier loue régulièrement dans l'île. Bien pire, ce même été, Anne Fillon, la mère de François, décède d'un cancer. Quelques jours après l'enterrement, comme chaque année, c'est une tradition, François a prévu de faire sa rentrée politique dans la Sarthe.

Il a choisi les Gites de la Charnie, un établissement capable d'accueillir de grands groupes. La réunion, couverte par les caméras de télé, qui à cette époque de l'année n'ont pas grand-chose d'autre à raconter, le montre encombré de béquilles, ce qui contraste avec l'image dynamique qu'il aime à donner. Le propriétaire des lieux, Michel Baudry, un ancien ingénieur informaticien, s'est occupé de tout, le barbecue, les quatre cochons, les frites et même les photos. Dans sa maison sarthoise, tellement paumée que mon GPS n'a pas réussi à m'y amener, Michel me montre l'album-souvenir de la journée. Au moins une centaine d'images. Je reconnais, manifestement écrasés de chaleur, beaucoup de ténors de l'UMP, il me donne les noms de ceux que je n'identifie pas, mais moi, c'est Penelope qui m'intéresse. Elle n'était pas là ? « Bien sûr que si. Elle est restée toute la journée, d'ailleurs j'ai déjeuné en face d'elle. Mais elle est restée à l'écart, personne ne lui parlait et elle ne parlait à personne » répond Michel comme si c'était une évidence.

Aux législatives qui suivent l'élection de François Hollande, François, celui de Penelope, délaisse pour la première fois la Sarthe pour se présenter à Paris où il est beaucoup plus sûr d'échapper à la vague rose qui menace. Au grand dam de Rachida Dati qui la visait également, il s'est fait investir dans une circonscription imperdable, la deuxième, qui correspond au Ve arrondissement, à un morceau du VIe (du côté d'Odéon et de Saint-Germain-des-Prés) et à un bout du VIIe vers les Invalides (comme les Français sont compliqués, parfois !). Les Fillon se trouvent un appartement square de La Tour-Maubourg, une impasse chic à deux pas de l'esplanade des Invalides et des très commerçantes rues Clerc et Saint Dominique. Idéal.

Et pourtant, après la vie animée et les beaux jardins de Matignon, Penelope s'ennuie un peu dans son grand appartement sombre du premier étage. Et si, histoire de contrer ce « Matignon blues », elle reprenait les études de littérature anglaise qu'elle a abandonnées à cause de ses activités de « seconde dame » ? J'entends les persifleurs se moquer de ses soucis de petite fille riche et de son bovarysme universitaire. Toujours est-il qu'elle s'inscrit à Open University, un organisme anglais d'enseignement à distance qui promet à chacun de pouvoir travailler à son rythme. Celui de Penelope est lent, elle obtiendra le Bachelor, équivalent du Bac +3, en 2015. Les études ne comblent pas son vide.

Au point d'avoir envie de reprendre sa liberté ? N'exagérons pas. Arnaud a onze ans, il entre au collège, une Anglaise conventionnelle ne fait pas cela. Jane Birkin, oui, mais pas elle.

Si elle était plus jeune, s'il n'y avait plus d'enfants à la maison, si François la laissait partir sans histoire, si elle avait de l'argent à elle, si elle était sûre que l'amour dure toujours… peut-être aurait-elle osé ? À Sablé, ils sont plusieurs à y avoir cru à force de la voir si souriante sur les terrains d'entraînement quand elle croisait un certain cavalier. Ils se sont peut-être fait des idées.

16.

Un dangereux ennui

L'oisiveté est la mère de tous les vices. Ce n'est pas François qui dirait le contraire, lui qui prône la valeur travail, l'effort, la vie industrieuse.

Tout absorbé qu'il est par son nouveau plan de carrière, il ne se rend pourtant pas compte à quel point sa femme s'ennuie. Jusqu'au moment où il ne peut pas faire autrement que de constater, chez elle, ce qu'il appelle « une déstabilisation psychologique ». Cela le gêne parce qu'il de la tendresse pour elle mais aussi pour sa propre tranquillité d'esprit. Il a tant de choses à faire dans les mois qui viennent. Première étape, à l'automne, conquérir la présidence de l'UMP. Ensuite, se mettre en piste pour remporter les primaires de la droite. De là, partir en campagne pour la Présidentielle 2017. Et gagner. Et présider enfin. Il dit que la droite aurait pu gagner en 2007 s'il s'était présenté à la place de Sarkozy mais il était trop loyal pour trahir Nicolas. Il dit qu'il ne laissera pas passer son heure une deuxième fois. Il dit qu'il a besoin de mettre toutes les chances de son côté et qu'une épouse présente et en forme, dont la bonne humeur n'est pas altérée par le désœuvrement, en fait partie. Alors, il demande à Marc Ladreit de Lacharrière s'il ne pourrait pas trouver à Penelope un job qui lui redonnerait le moral.

Marc, c'est l'ami idéal. Double milliardaire en euros et toujours prêt à rendre service. Le groupe qu'il a créé, Fimalac, détient des participations dans une foule d'activités qui vont des casinos et hôtels Lucien Barrière au site Allociné, des salles de spectacle (Pleyel, Zénith, Théâtre Marigny...) à la production de shows (Céline Dion, Patrick Bruel, Mylène Farmer...). Marc est aussi un mécène, il a des amis à gauche et à droite, des politiques comme des artistes (Laurent Fabius, Jamel Debbouze...). Bref, il a le bras aussi long que l'Inspecteur Gadget.

Effectivement, en moins de temps qu'il n'en faut pour s'inscrire à Pôle emploi, Marc déniche dans son empire deux postes compatibles avec le profil de Penelope. Le premier au sein de l'Agence France-Museums, un organisme chargé par l'État d'organiser les prêts des collections françaises au futur musée Louvre Abou Dhabi dont l'ouverture est programmée pour la fin 2017. Justement, on en train de constituer les équipes. Passionnant assurément, mais il y a un hic, beaucoup de déplacements sont à prévoir. Or le stage à Air France n'a pas fait de miracles, Penelope n'aime toujours pas voler.

Va alors pour la deuxième proposition, on ne peut plus sédentaire celle-là puisqu'elle n'aura même pas besoin de sortir de chez elle. Penelope Clarke, c'est sous ce nom que le contrat de travail est établi, devient « conseiller littéraire » de *La Revue des deux mondes*, publication mensuelle qui réunit des articles portant sur des sujets culturels, politiques et de société généralement très érudits et fort bien écrits (*La Revue* a son rang à tenir, Chateaubriand et George Sand entre autres y ont collaboré). La mission de Penelope sera plus modeste, il s'agira de rédiger de courtes fiches de lecture sur des ouvrages récents. Telle une artiste, Penelope laisse son agent, François, discuter les conditions du contrat avec Marc, son futur boss. Les deux hommes décident que la prestation vaut bien 5 000 euros brut, somme que Penelope reconnaîtra plus tard avoir trouvée « généreuse ».

Éliane Houlette, la procureure du parquet national financier, chargée dans un premier temps de l'Affaire, aussi la trouve généreuse. Un peu trop. Elle soupçonne un abus de bien social de la part du patron de Fimalac et, par conséquence, un recel d'abus de bien social pour Penelope. Autrement dit, Marc aurait utilisé l'argent de la société non pas pour rémunérer une nouvelle recrue utile à *La Revue* mais uniquement pour dépanner son ami François en échange de… on ne sait pas de quoi exactement, mais Éliane a de l'imagination, elle pense qu'un ancien Premier ministre et possible futur président de la République est en mesure de rendre de menus services à un puissant homme d'affaires. Pour se défendre de ces accusations, Marc, François et Penelope affirment que le salaire fixé se justifie par un autre aspect de sa mission, une réflexion stratégique sur l'avenir de *La Revue des deux mondes*. Penelope a ainsi donné directement à Marc des conseils « exclusivement oraux », a-t-elle déclaré aux policiers. Pas la moindre petite synthèse écrite de ces précieuses recommandations ? Marc n'en souhaitait pas, il est un « homme de téléphone et de face à face » dit-il. À se demander s'il lit sa propre revue.

Embauchée officiellement en mai 2012, Penelope se met au travail illico. Elle passe selon son mari « des jours et des jours sur chaque livre » et se révèle même, remarque une copine à elle dont le fils fréquente le même établissement scolaire qu'Arnaud, « terriblement stressée ». La première de ses notes de lecture est publiée en septembre 2012, la seconde en octobre de la même année. Et puis, c'est tout. Plus rien après, bien que le contrat continue à courir jusqu'en décembre 2013. À qui la faute ? À la situation, peut-être. Michel Crépu, le directeur de *La Revue*, se retrouve dans le rôle d'un chef de service auquel son directeur aurait imposé une stagiaire, sous prétexte qu'il connaît bien ses parents. « Je n'avais rien contre » expliquera-t-il aux enquêteurs, formule qui montre la vigueur de son enthousiasme. Bon joueur, il considère toutefois que « le choix des ouvrages est pertinent, la rédaction un peu moins mais enfin cela pouvait être publié ».

Pour les avoir lues et relues ces notes au style complexe, je ne partage pas la clémence de Michel Crépu mais il est vrai que je sais combien elles ont été payées, contrairement à lui au moment où il les valide. Parmi les livres qui lui ont été envoyés,

Penelope sélectionne pour commencer un ouvrage signé de Lucien d'Azay et intitulé, cela ne s'invente pas, *Trois excentriques anglais*. La note commence ainsi : « Trois excentriques anglais en marge de la société autour de la période victorienne donnent à Lucien d'Azay l'occasion de regarder une nation à travers les images en négatif qu'ils présentent ». Pas vraiment limpide. La deuxième fiche est consacrée à l'essai *Le Tombeau d'Œdipe* de William Marx. Là s'en mêle en plus une coquille (« pour illustre » à la place de « pour illustrer ») que Penelope a laissé passer ou alors sa rémunération ne comprenait pas la validation du bon à tirer.

Si elles existent, les autres notes de Pauline Camille (c'est le pseudo qu'elle s'est choisi) n'ont jamais été publiées. Michel Crépu dit ne pas en avoir reçu. Marc de Lacharrière affirme pourtant lui en avoir transmis quatre supplémentaires. Penelope « pense en avoir rédigé une quinzaine ». Je dis bien « pense », c'est le terme qu'elle emploie devant les policiers, ce qui montre qu'en plus de mal ranger ses bulletins de salaire, elle égare ses fichiers.

Comme au Cluedo, quelqu'un ment. Le juge trouvera certainement qui mais, en attendant, un petit problème d'arithmétique.

Sachant :

1) Que Penelope a écrit pendant les dix-huit mois de son contrat entre 2 notes (hypothèse Crépu) et 15 notes (hypothèse Fillon).

2) Qu'elle a touché 5 000 euros par mois pendant 20 mois.

3) Que la longueur moyenne d'une note est de 1 750 signes.

Calculez :

a) Combien Penelope a reçu pour chaque note écrite.

b) Combien Penelope mettait de temps pour écrire une note

c) Combien chaque note représente de pages complètes du livre que vous êtes en train de lire

Vous ferez ce calcul en prenant en compte deux hypothèses, la basse (2 notes) et la haute (15 notes).

Réponse :

a) Entre 6 666 euros et 50 000 euros par fiche

b) Entre 41 jours et 10 mois

c) 1,3 page

Au mieux, une page à écrire toutes les cinq semaines. Même si les ouvrages sont ardus, ce n'est pas un rythme d'élève de prépa. Ainsi, en plus de son travail de conseillère à *La Revue des deux mondes*, Penelope peut en juillet 2012, redevenir – c'est désormais une routine – assistante parlementaire de son mari pour un salaire de 4800 euros brut par mois. Sur le papier, elle cumule donc, pendant un an et demi, deux temps plein qui lui rapportent mensuellement presque 10000 euros brut donc dans les 8000 euros nets.

Aux policiers qui s'étonneront de ces horaires à rallonge, Penelope répondra qu'elle organisait son temps de travail comme elle le voulait et qu'il n'y avait pas vraiment de repos hebdomadaire. Elle n'est pas l'épouse du pourfendeur des 35 heures pour rien !

17.

« Comprendre la vie des gens »

Au cœur de l'été 2015, Penelope fête ses soixante ans et découvre que vieillir (raisonnablement) n'a pas que des inconvénients. Grâce à ce changement de décennie, elle se sent moins seule. Dans le privé, les plans de départ volontaire ont neutralisé ce relèvement de l'âge de départ en retraite que le gouvernement de son mari avait fait voter. Dans la haute fonction publique, on ne retient pas les seniors. Et donc, beaucoup de sexagénaires ont, comme elle, tout le temps de regarder pousser leurs rosiers et leurs petits-enfants. Il n'y a que les hommes politiques pour croire à la jeunesse éternelle.

Elle pourrait s'en offusquer mais on commence visiblement à la trouver trop vieille pour lui poser cette question qu'elle a toujours détestée : « Et vous, vous travaillez dans quel secteur ? ». C'est une chance parce que depuis quelque temps, elle ne fait rien, cette fois c'est clair, vraiment rien de rien. Officiellement et officieusement. Même son mari ne l'emploie plus. Il aurait très bien pu continuer, il est toujours député, il a toujours le droit, tout le monde (enfin, c'est lui qui le dit) le fait. Oui mais tout le monde ne veut pas devenir président de la République. À la fin 2013, donc, l'employeur François remercie (au sens de « licencier », pour le reste, je ne sais pas) sa salariée Penelope après quinze années (en cumul) de bons et loyaux services. 62 trimestres en langage Sécurité sociale. J'espère qu'il lui a offert un pot de départ en tête à tête au pub Élysée de Sablé.

Non seulement Penelope ne le traîne pas aux Prud'hommes mais elle prend plutôt bien la nouvelle. À cause de son âge mais aussi parce que dans son nouvel entourage, il y a plein de femmes qui n'ont jamais bossé de leur vie et qui n'en font pas une montagne. Ni idiotes, ni complexées, elles réussissent à être débordées entre le coiffeur, la dernière expo de la Fondation Vuitton, le yoga, les week-ends chez les Machin dans le Perche, le tournoi de Roland-Garros qui va bientôt débuter, le choix de nouveaux rideaux pour la chambre d'amis, les fiançailles de leur fille cet été à La Baule et le bénévolat à la paroisse.

Je caricature. Un peu. À peine. Nous en reparlerons quand vous serez allés vous promener un après-midi de semaine dans le triangle délimité par la Tour Eiffel et les métros Invalides et École militaire. Au Monopoly, ce sont les cartes vertes.

Ici, on est au cœur de la bonne bourgeoise catholique. Ici, on est merveilleusement bien et entre soi, c'est très appréciable. Ici, les matins de printemps, l'esplanade des Invalides sent bon l'herbe fraîchement coupée. Ici, les commerces de bouche sont pléthore et pas tous excessifs parce qu'on sait compter. Ici, Le Bon Marché et la maison Arnys, si chère à François, sont à dix minutes en vélo tout comme la rue du Bac, ses librairies religieuses et ses boutiques de décoration de bon goût.

Peu à peu, Penelope se fait des copines dans ce quartier qui lui va si bien. Elles s'appellent Sybille de Montlaur, Mathilde de Rocca-Serra, Ségolène Roland-Gosselin Simon et Danièle Deschamps (cherchez l'intruse). En 2003, lorsque, arrivant de Sablé à Paris, les Fillon avaient inscrit leur deuxième fils à La Rochefoucauld, fréquenté aussi par le jeune Arthur de Villepin, elle s'était un peu inquiétée. « Édouard est impressionné par tous ces papas qui viennent chercher leur progéniture en Ferrari. Ce n'est pas très sain », confiait-elle[1]. » D'un autre côté, en l'inscrivant dans cet établissement upper class fondé il y a 300 ans par les frères des Écoles Chrétiennes, elle aurait pu se douter qu'il ne serait pas dans la même classe que le fils du caissier du Carrefour Market.

L'endroit n'est toujours pas un haut lieu de la mixité sociale si j'en juge par les prénoms des nombreux amis et amies Facebook d'Arnaud, le cadet des Fillon qui y est scolarisé. Elles et ils s'appellent Ariane, Hyppolyte, Colombe, Philippine, Tiphaine, Maximilien, Olympe, Galliane, Geoffroy, Rodolphe…

Mais maintenant Penelope s'en fiche, elle est intégrée. Plus que ça : appréciée. Comme certains privilèges des Premiers ministres, l'aura de leurs femmes demeure après qu'ils ont quitté leurs fonctions. « Penelope a son fan club ici, vous savez » m'expliquent deux dames bien mises qui en sont manifestement membres au bistrot Le Malabar de la rue Malar, un de leurs QG. Et leurs maris, eux, sont des fans de François Fillon.

Loin de moi l'idée de faire du racisme anti-riches. Juste de décrire comment, graduellement,

1. *Leurs femmes… elles aussi ont du pouvoir,* op. cit.

la fille toute simple d'Abergavenny s'est embourgeoisée dans son ghetto de la rive gauche.

Quand l'Affaire éclatera et que la réalité de son travail auprès de François sera mise en cause, Penelope à la fin de son audition tentera spontanément cette justification : « J'ai été associée à la carrière politique de mon mari pour qu'il garde les pieds sur terre et soit capable de comprendre la vie des gens ». Comprendre la vie des gens ? C'est complètement raté, je le crains, Penelope.

Sachant qu'il voulait faire président, aurait-il, s'il avait gardé les pieds sur terre, accepté des cadeaux à 13 000 euros (les deux costumes offerts par Robert Bourgi) comme s'il s'agissait d'un menu présent ? Se serait-il fait prêter 50 000 euros par son ami Marc Ladreit de Lacharrière sans signer le moindre bout de papier comme d'autres tapent vingt euros à un copain pour prendre un taxi ? Comprenait-il la vie des gens quand il employait ses deux aînés au Sénat, Marie et Charles, l'une diplômée de droit, l'autre encore étudiant, et aucun des deux encore avocats, à 3700 euros brut par mois en moyenne et ce, pendant une période cumulée de 21 mois ? Entre janvier et juin 2007, époque où les deux enfants et Penelope travaillaient, eux avec leur père, elle chez son suppléant, la République leur versait 15 000 euros en tout. Ce à quoi, il convient d'ajouter, bien sûr, la rémunération de François.

Pourtant, il y a eu des signaux d'alerte. Comme, fin août 2013, ce reportage dans *Paris Match*, décidément l'organe de communication quasi-officiel de François. Une photo double page montre la famille, habillée comme si elle venait de dévaliser une boutique Cyrillus, assise dans des chaises longues autour d'une table en rotin où trône une théière avec en fond de tableau, loin là-bas, le manoir sarthois. Le titre dit « Pour bien gouverner, il faut être équilibré » et la légende « L'ancien Premier ministre prépare sa rentrée, il nous a reçus sur ses terres de la Sarthe ». L'objectif de ces images de bonheur paisible, il ne faut pas être grand clerc pour le comprendre, est de marquer la différence avec Sarkozy, l'agité, le nerveux, l'instable qui tente encore de revenir dans le jeu. L'opération de communication est un fiasco. Dans le propre camp de François, on s'amuse de cette grossière bourde, « l'erreur de communication politique de l'année ». Sur Twitter, les Français moyens rient aussi mais jaune : « Ben quoi le peuple ? La crise ? Qu'ils mangent des brioches »… « Sa Seigneurie François Fillon accueille quelques vassaux de *Paris Match* en son fief de grand Suzerain »… « Un homme coupé d'une immense majorité du peuple de France ».

Le slogan du magazine est juste. Il y a « le choc des photos » mais aussi « le poids des mots ». Et ceux de l'interview de François sonnent curieusement pour quelqu'un qui « comprend les gens ». « Je touche du bois mais je n'ai pas l'ombre d'un souci pour eux » se félicite-t-il à propos de l'avenir de Marie et Charles qui ont alors 21 et 19 ans Cette phrase entre toutes, Penelope, vous qui étiez en charge de comprendre la vie des vrais gens, vous auriez dû l'empêcher de la prononcer dans un pays où un jeune sur quatre cherche du travail et où beaucoup sont prêts à accepter des stages peu rémunérés à répétition pour y parvenir (et encore, faudrait-il qu'ils aient des relations pour les trouver).

Moins provocante mais décalée et désuète, cette autre sentence du « patriarche qui se verrait bien en chef de l'État » comme le présente la journaliste. « J'ai marié en juillet mon fils aîné, Charles. » Un peu comme au XIXe siècle, quand, chez les nobliaux de la Sarthe, le chef de famille imposait à ses enfants l'union la plus susceptible de préserver le patrimoine et le lignage. Sur ce point, le mariage de Charles est une réussite. *Ouest France* n'a d'ailleurs pas raté l'événement. « Samedi à 16 heures, Charles Fillon, le fils de l'ancien premier ministre, a épousé Laure de la Bretesche, fille de Bertrand Jousseaume de La Bretesche et de Brigitte de La Croix de Ravignan. C'est un moine bénédictin de l'abbaye de Solesmes qui a célébré la cérémonie religieuse à l'église Saint-Martin de Lamballe. À 17 h 30, les mariés se sont éclipsés en voiture tandis que François Fillon s'attardait pour un petit bain de foule. La fête s'est poursuivie au château de La Roche-Goyon, propriété appartenant aux parents de la mariée à Noyal, près de Lamballe ». Un vrai château, pas un manoir, qui fut assiégé par Du Guesclin en 1379 et remanié par Louis XIV pour l'intégrer au système de défense avancée de Saint-Malo.

Sur la photo, Bertrand et François, les pères des mariés, portent une cravate rose. Ce devait être le dress-code choisi par les mariés. Pas un bon présage pour un homme de droite.

18.

Commission Fleurissement

François et Penelope ont reçu une éducation chrétienne. Elle anglicane, lui catholique, ce qui est assez proche. Les Fillon savent donc depuis leur plus jeune âge qu'il convient de temps à autre de procéder à son examen de conscience. L'enseignement du catéchisme s'est adouci depuis mais, dans les années 60, nous apprenions dès l'âge de sept ou huit ans à distinguer les péchés véniels et les mortels, à identifier les péchés par action (ceux qu'on avait vraiment faits, il n'y avait pas à tortiller), les péchés par pensée restés à l'état d'idées (nombreux, forcément) et enfin les péchés par omission (infinis puisqu'ils englobaient tout ce qu'on aurait pu faire de bien si on avait été un peu plus courageux).

Pour nettoyer toutes ces impuretés, la seule solution consistait à réciter son acte de contrition et à aller tout avouer à un prêtre dans un sombre confessionnal. Terrifiant.

Quand il décide de se lancer dans la course à la présidentielle, François a 60 ans. Comme tout le monde, il a commis des fautes. Des légères et des plus lourdes. Des « en paroles », des « par action » et « par omission » (celles qui sont juste « en pensées » ne comptent pas en politique, c'est une chance). Des qui seraient pardonnables au commun des mortels mais inexcusables pour quelqu'un qui veut devenir président. Toutes ces bêtises, même très anciennes, sont autant de casseroles sur lesquelles le camp adverse, s'il les découvre, ne manquera pas taper bruyamment. Donc, il faut les planquer au fond d'un placard et si ce n'est pas possible, les rendre inutilisables en parlant le premier.

L'achat de Beaucé, par exemple, en politique, c'est une faute. Peu importe que le refuge sarthois de Penelope vaille au bas mot cinq fois moins que l'hôtel particulier parisien de Carla Bruni Sarkozy. En France, depuis 1789, les châtelains s'exposent à des risques certains, quoique la tradition consistant à se promener dans les rues avec leurs têtes au bout de piques se soit perdue. Ce qui est fait est fait. Impossible de cacher Beaucé, donc autant prendre l'initiative d'en dévoiler l'existence pour afficher qu'on n'a rien à se reprocher. L'article sur la famille idéale qui avait fait tant rire avait aussi cette fonction.

Mine de rien, en moins de six mois, François Fillon a bouclé la check-list de son opération « mains propres ».

— Montrer Beaucé. *Fait le 29 août 2013.*

— Arrêter de rémunérer Penelope comme assistante parlementaire, certains pourraient lui chercher des noises s'ils cherchaient à comparer les montants au travail effectué. *Fait le 30 novembre 2013.*

— Arrêter aussi, et pour les mêmes raisons, son contrat à *La Revue des deux mondes. Fait le 31 décembre 2013.*

Mais alors, comment va s'occuper, ou faire semblant de s'occuper, Penelope ? François a sa petite idée sur la question.

Pour commencer, elle ira le remplacer au conseil municipal de Solesmes. On ne s'emballe pas, ce n'est pas la mission du siècle, d'ailleurs, elle ne rapporte pas un sou. En fait, François a sollicité les suffrages des Solesmois pour la première fois en 2001, uniquement parce qu'il lui était indispensable d'être élu local pour briguer la présidence de la communauté de communes de Sablé-sur-Sarthe. Un mandat qui manquait à sa collection. Quand arrivent les élections municipales de mars 2014, François qui a maintenant d'autres chats à fouetter que ceux qui traînent dans les ruelles de Solesmes, ne souhaite pas se représenter. Cette décision ne fera pas une grande différence pour le village puisque au cours des quatre dernières années, il n'a assisté qu'à deux des réunions mensuelles à la mairie. Pour autant, est-il concevable que le nom de Fillon soit rayé de la liste des édiles sarthois ? Ce serait aussi incongru que d'interdire aux moines de participer au conseil de Solesmes. Car, tradition locale, un siège de conseiller municipal est réservé aux Bénédictins depuis 1860. Solesmes leur doit bien ça, vu le nombre de touristes que leur abbaye attire en toutes saisons.

Toujours prompt à organiser la vie de Penelope, François en touche un mot au maire de Solesmes, Pascal Lelièvre. « Mon épouse (il dit toujours “mon épouse” comme si elle lui appartenait corps et bien) aimerait bien s'investir dans la vie de la commune. Tu peux la prendre sur ta liste ? » C'est à peine une question, le maire l'a bien compris. Dans la Sarthe, cela fait trente ans que personne, du moins à droite, ne refuse quoi que ce soit à Fillon. Pascal, moins que quiconque. Ils sont voisins. Marie-Armelle, sa femme, est copine avec Penelope. Elles ont enseigné le catéchisme ensemble, leurs enfants ont le même âge. Les Lelièvre n'hésitent jamais à rendre service à leurs prestigieux voisins.

Pour faire une place à Penelope aux municipales, certains grincheux prétendent qu'il a fallu écarter une autre candidate pressentie. Elle espère que c'est faux, elle déteste tellement déranger. Toutefois, comme à son habitude, elle ne cherche pas à savoir et remplit consciencieusement la déclaration de candidature (formulaire Cerfa N° 14997*01 pour les communes de plus de 1 000 habitants).

NOM : Fillon, née Clarke

Prénom : Penelope

Date et lieu de naissance : 31 juillet 1955 à Abergavenny (Pays de Galles)

Profession : Mère au foyer

Stop ! Arrêtons-nous un instant sur ces derniers mots. Comment se fait-il qu'une femme qui au cours des quinze dernières années en a travaillé onze, une personne qui, trois mois plus tôt, occupait encore deux emplois à temps plein, écrive « mère au foyer » quand on lui demande sa profession. *Sans emploi* à la rigueur, *consultante* pourquoi pas, ça passe partout, *conseillère littéraire*, pas mal quoique un peu snob pour la Sarthe, mais *mère au foyer* quand vos aînés ont la trentaine et le petit dernier 13 ans, c'est curieux tout de même. Sauf si elle se vit ainsi depuis toujours. Sauf si elle a le sentiment de ne jamais avoir vraiment travaillé. L'honnêteté de cette femme va finir par la perdre.

Au conseil municipal, elle ne brigue évidemment aucune responsabilité. Tout juste se porte-t-elle volontaire pour faire partie de trois commissions. « Voirie et sécurité », « Communication-Bulletin municipal » et sa préférée, « Fleurissement ». Elle trouve que c'est important que le village soit beau et accueillant pour les touristes et elle aime bien jardiner. « Mais je ne suis pas experte », souligne-t-elle.

Je ne sais pas si Penelope lit déjà des livres à ses trois petits-enfants, Jules et Emma, les enfants de Marie, et Elie, le fils de Charles, mais elle me fait terriblement penser à cette série humoristique pour les tout petits où chaque personnage est réduit à un trait de caractère : Monsieur Lent, Madame Sage, Monsieur Grincheux, Madame Boulot… L'auteur, Roger Hargreaves, un Anglais, est mort en 1988 sans quoi il aurait pu s'inspirer de sa compatriote pour ajouter Madame Modeste à sa sympathique tribu, tant parfois l'attitude de Penelope confine à la caricature.

Ou alors Madame Gentille, parce qu'elle l'est aussi, tout le monde s'accorde sur cette qualité. Marie-Line Fourmont, par exemple, est intarissable. Un cas à part, cette Marie-Line. Tonique comme le sont les sexagénaires du XXIe siècle, elle exerce deux activités qu'on n'associe pas spontanément, surtout du côté de Saint-Germain-des-Prés : galeriste et agricultrice (70 vaches laitières). Après une première exposition réussie au Mans, cette peintre du dimanche décide d'ouvrir dans son petit village de Viré-en-Champagne, qui comme son nom ne l'indique pas se trouve dans la Sarthe, un lieu pour exposer ses œuvres et celles d'autres artistes locaux. Comme elle a le sens du marketing et qu'elle n'a pas froid aux yeux, elle se dit que ce serait bien d'avoir Penelope comme marraine. Elle lui envoie une lettre et, bien qu'elles ne se connaissent pas, Penelope accepte sans se faire prier. Non seulement elle assiste à l'inauguration de la galerie en 2010 mais, fidèle comme pas deux, elle revient à chaque fois que l'artiste peintre la sollicite. Le 23 septembre 2015, elle est même membre du jury d'un concours de gâteaux organisée par Louise, la fille de Marie-Line, qui est cuisinière. Penelope reste tout l'après-midi, discute avec l'apprenti de Louise, s'excuse quand elle réalise qu'elle est habillée comme la fois précédente

– « vous allez croire que je n'ai qu'un seul chemisier à me mettre » –, passe le plateau de petits-fours, raconte ses vacances en Italie, et repart, enchantée, en disant « surtout, si vous recommencez, vous m'invitez ! ». La seule chose qu'elle refuse obstinément, c'est de prendre la parole pour clore l'après-midi.

À ce petit détail, on mesure l'ampleur du sacrifice qu'elle s'apprête à consentir. Celle qui répugne à lâcher trois phrases lors d'un concours de pâtisseries dans un trou perdu de la Sarthe va bientôt être contrainte de parler politique devant des assemblées autrement plus fournies et en présence de journalistes. Pourquoi ? Parce que François le veut. Ainsi soit-il.

Mordante comme elle sait l'être, Bernadette Chirac avait un jour fait remarquer que les hommes politiques ne sortent leurs épouses que dans les périodes de pointe. Est-ce l'effet Michelle Obama dont l'immense popularité a incontestablement rayonné sur Barack ? Toujours est-il que, lors de cette campagne présidentielle, plusieurs candidats à la présidence ont décidé d'exhiber leur conjointe. Qui mieux que l'épouse peut assurer que, sous cette armure de guerrier bat un cœur tendre, un mari sur lequel on peut compter, un père attentif, un grand-papa gâteau, et cetera, et cetera ?

Même Alain Juppé s'y met. Gilles Boyer, son directeur de campagne, m'explique pourquoi on a demandé à Isabelle, après mûre réflexion, de sortir de l'ombre pendant les Primaires de la droite. « On peut le regretter, personnellement je le regrette, mais à la fin des fins, les gens votent pour l'impression globale qu'ils se font du candidat. L'entourage familial impacte aussi leur décision ». La discrète Isabelle a donc accepté de rencontrer la journaliste de *Vanity Fair* qui l'avait sollicitée. L'article nous fait découvrir un Alain amoureux transi (si, si) qui lui écrivait de longues lettres enflammées alors qu'elle était enceinte d'un autre. En l'occurrence, l'opération tient aussi un peu de la stratégie du déminage évoquée plus haut à propos du château des Fillon, car, depuis leur premier baiser « léger comme un souffle » nous dit Alain, il y a eu quelques orages. Et il se murmure avec insistance que les Juppé seraient un couple de façade. Dans *Vanity Fair,* Isabelle évoque cette séparation et les difficultés que son couple a affrontées mais fait en sorte que nous soyons rassurés, tout va pour le mieux maintenant, c'est derrière eux. Le 22 novembre lors d'un meeting d'Alain à Toulouse, Isabelle monte sur la scène pour confier, au fil d'un discours d'une dizaine de minutes, tout le bien qu'elle pense de son mari : « Alain me rassure. Dans cette société fracturée et tourmentée, moi aussi je suis inquiète pour ma famille, pour mes enfants, pour vos enfants… Il me rassure parce que, face au danger, Alain sait garder la tête froide, avoir du sang-froid (tout serait donc froid chez Alain ?), il a du courage et dans les moments graves, il sait faire primer la raison sur l'émotion ». Quoi qu'il lui en ait coûté, Isabelle a fait le job. Cela ne suffira pas, comme on sait.

Comme on sait aussi, Emmanuel Macron a de la chance. Celui qui, en cet automne 2016, se profile déjà comme un redoutable concurrent pour François Fillon n'a aucun besoin, lui, de pousser Brigitte pour qu'elle accepte de se montrer, ce serait plutôt le contraire. En les voyant main dans la main dans les meetings ou collés l'un à l'autre lors des déplacements de campagne, je pense à une nouvelle version d'une blague éculée : Connaissez-vous le jeune homme blond qui est à côté de Brigitte ? C'est au point où les équipes de communication décideront de la faire oublier, non pas en l'effaçant, mais beaucoup plus subtil, en sortant du chapeau sa fille, Tiphaine Auzière, que l'on n'avait pas vue jusque-là.

La victoire valant bien quelques accommodements, François Fillon, l'homme qui se flatte d'avoir dressé un mur entre sa vie publique et sa vie privée, consent à y faire une grosse brèche.

Hors de question cependant d'échanger des regards énamourés avec Penny dans les pages de *Gala*, ni de livrer des anecdotes intimes sur les 36 années de ses noces de mousseline. Pour adoucir l'image de son client, Anne Méaux, la patronne de l'agence Image 7 (que le tout petit monde politique, économique et médiatique parisien surnomme la grande prêtresse de la communication, voire la papesse, pour les plus dithyrambiques), propose un « concept » plus en phase avec le sérieux qui est la marque de fabrique du candidat. Penelope pourrait être la marraine de *Femmes avec Fillon*, un mouvement de militantes engagées derrière François (et emmenées par la publicitaire Muriel Réus) pour défendre son programme en général et les mesures concernant l'électorat féminin, en particulier. L'idée séduit tout le monde sauf la principale intéressée.

Difficile de trouver plus opposées que Muriel Réus et Penelope Fillon. La première ferait n'importe quoi pour attraper la lumière, la seconde, vous la connaissez maintenant, ne s'épanouit qu'à l'ombre. Muriel est l'exemple même de la femme d'affaires battante, celle qui a réussi l'amalgame de l'autorité et du charme comme disait Michel Sardou[1] à propos des « *Femmes des années 80* ». Prête à tout pour réussir, y compris à singer les manières un peu ridicules des hommes quand ils font les importants, vous glissent d'un air de rien qu'ils tutoient Untel depuis qu'ensemble ils ont fait l'ENA ou considèrent que leur vie est si palpitante qu'elle mérite d'être racontée avec emphase. À propos du déménagement de sa famille de la Corse à Paris quand elle avait huit ans, Muriel n'hésite pas, par exemple, à parler de la « blessure de l'exil ». Les Syriens apprécieront.

On imagine l'enthousiasme de Penelope, alias Madame Modeste, à l'idée de battre campagne avec Muriel, alias Madame Gonflée. En pratique, il s'agit d'assister à des réunions publiques organisées par des comités locaux de *Femmes avec Fillon,* en présence de personnalités du cru. Des députées et des sénatrices Les Républicains, des représentantes d'associations et des créatrices d'entreprises. En début de séance, Muriel présente les oratrices puis chacune explique pourquoi, vu de sa fenêtre

1. *Être une femme*. Compositeurs Jacques Revaux, Michel Sardou. Auteurs Michel Sardou, Pierre Delanoé.

ou de sa profession, François est le meilleur candidat pour les Françaises. On parle du problème de la radicalisation, des propos haineux que certains profèrent sur les femmes, de la fermeture des lieux de culte, de la burka, de l'inceste, des droits de l'enfant et des films porno sur internet. On rappelle que François, du temps où il était Premier ministre, a interdit le voile intégral, ce qui prouve bien son soutien à la cause des femmes. Éventuellement, quand on a le temps, on évoque le problème de l'égalité professionnelle entre les sexes dans les entreprises en rappelant, ça ne mange pas de pain, qu'elle doit être encore encouragée.

Vient alors le point d'orgue de la soirée, le moment Penelope. C'est peut-être moi qui extrapole mais je décèle dans la façon dont Muriel présente son invitée d'honneur une forme de condescendance, celle qu'éprouvent souvent les femmes qui ont réussi, pour autant que cela veuille dire quelque chose, face à leurs sœurs, les pauvrettes, restées à la maison. Muriel dit : « Je veux vraiment remercier Penelope car, malgré sa timidité et sa prudence habituelles, elle est absolument formidable ». Selon les soirs, Penelope est ainsi extraordinaire, exceptionnelle ou remarquable, autant de superlatifs pour cacher qu'on ne sait pas trop quoi dire d'elle.

Parfois, Muriel ou une autre de ces powerwomen évoque le mandat de conseillère municipale de Penelope à Solesmes comme si elle gérait une métropole. Mais elle, elle sait bien que c'est bidon, jamais elle n'y fait référence.

Quand, enfin, ces tigresses lui tendent le micro, elle prend bien soin de décourager toute discussion sur le fond : « Je n'ai pas suivi personnellement les dispositions de ce programme qui a été tellement bien fait par des experts et des spécialistes ».

En revanche, elle s'applique à décliner les qualités de son François comme on défend son nouvel amoureux devant des copines qui se demandent ce qu'on peut bien lui trouver. Elle explique qu'il est sincère et loyal, pudique et réservé, attentif aux gens et préfère la discrétion à l'esbroufe. Se rend-elle compte qu'elle fait son autoportrait ?

À Roubaix, en septembre, devant une audience clairsemée, elle ajoute qu'il aime entretenir son jardin, se promener dans les champs muni de son appareil photo, regarder des séries américaines et que dans ses rêves les plus secrets, il aurait voulu être crooner. Guide de montagne et pilote de F1, on savait mais Elvis Fillon, c'est nouveau.

Elle dit aussi qu'il n'est pas très expansif (on avait cru remarquer), d'humeur égale (un point contesté par Pierre Fillon qui, lui, a déjà vu son frère sérieusement s'énerver), qu'il n'a pas l'instinct du tueur contrairement à tant d'autres hommes politiques (on se demande bien de qui elle veut parler). Et aussi, la seule révélation à retenir de la soirée, qu'il a été marqué par l'action de sa mère, une femme énergique, déterminée, capable de convaincre la terre entière. En résumé, tout ce que Penelope n'est pas. Est-ce pour cette raison qu'Anne Fillon ne trouvait, elle non plus, rien de plus consistant à dire à propos de sa belle-fille que cette sempiternelle formule « Elle est formidable » ?

Après la région nord, Dijon, le Maine et Loire et avant d'aller à Lyon, Penelope est l'invitée exceptionnelle de l'équipe de campagne à Paris, aux côtés des députées Valérie Boyer et Isabelle le Callennec, de la sénatrice Isabelle Debré ou encore de Madeleine de Jessey, co-fondatrice du mouvement Sens commun, issu de la Manif pour tous. Penelope assise face au public n'a pas encore ouvert la bouche. Avant de conclure, Muriel Reus, la chef de *Femmes avec Fillon*, rappelle sur l'estrade toutes les intervenantes pour une séance de questions réponses. « On va être un peu serrées mais bon, on y va », lance-t-elle. Penelope n'attendait que cela pour s'enfuir. Pliée en deux tel un spectateur qui profite d'un changement de décor pour quitter un spectacle barbant, elle fonce vers une chaise vide dans le public. Une fois installée là, à l'abri des questions, elle respire.

De temps en temps, ses copines du VIIe arrondissement, dont l'infatigable militante Danièle Deschamps, ancienne directrice de communication d'une filiale de Paribas, mille fois plus filloniste qu'elle (sur Facebook, Danièle a mis François en photo de couverture), parviennent à la convaincre de tracter sur le marché. Mais quand Florence Loyez, la correspondante du quotidien *Le Maine Libre* à Sablé, demande à Penelope les raisons de son engagement dans la campagne, cette dernière semble douter de son pouvoir de conviction. « Si j'arrive à convaincre au moins une personne, ce sera déjà ça ! »

Le 20 novembre, grâce ou pas aux voix apportées par son épouse, François franchit en tête le premier tour des primaires de la droite. Incroyable retournement de situation pour celui auquel personne ne croyait quelques semaines plus tôt. Mais

Penelope en a déjà marre des meetings, réunions et débats télévisés. Plus qu'une semaine à tenir. Après, elle veut croire qu'elle pourra souffler, quoi qu'il arrive.

Elle est presque une star maintenant. Le 27 novembre en fin de matinée, lorsqu'elle arrive à la Maison des arts et des enseignements de Sablé-sur-Sarthe, où sont centralisés les quatre bureaux de vote du canton, les télés l'attendent. Elle seulement car François vote dans la capitale où il est élu, donc électeur. Aux journalistes qui l'interrogent sur son programme de sa journée, elle répond qu'elle va rentrer à Paris et attendre sereinement les résultats chez elle en lisant un bon bouquin. Vu le degré de passion qu'elle dégage, pas sûr qu'elle ait sauté de joie à l'annonce de la victoire de son mari. Quelques jours plus tard, lorsque *L'Écho fléchois* veut savoir si elle va s'investir dans la campagne à venir, la grande, la vraie, elle glisse : « Peut-être par petites touches. Je verrai si on a besoin de moi ou pas ». La ferveur faite femme. Cela n'en finira donc jamais !

À sa décharge, non seulement Penelope fait depuis des semaines des choses qu'elle déteste, mais, comble du comble, ces actions visent un résultat dont elle déteste l'idée même : devenir la « première dame de France », comme ils disent.

Et selon ses habitudes quand ça va mal, elle livre le fond de son cœur à ses compatriotes. Dans l'édition du 26 novembre du *Times,* elle explique qu'elle ne se voit pas du tout vivre à l'Élysée, un endroit qu'elle a trouvé « caverneux » les rares fois où elle y a mis les pieds pour accompagner François à des dîners d'État.

En décembre, les Fillon partent en famille à la montagne. Les dernières vacances avant le chaos.

19.

À tombeaux ouverts

Lundi 23 janvier

Tout va bien. Quelques minutes auparavant, sur les quais de la gare Montparnasse, un vent glacial venu de Scandinavie la faisait frissonner mais maintenant Penelope se réchauffe douillettement enveloppée dans son châle. Dans quelques minutes, le TGV s'élancera vers Le Mans qu'il atteindra en une heure pile. Ses voisins, déjà concentrés sur leur écran ou leur journal, ne lui prêtent pas la moindre attention. C'est toujours comme ça quand François n'est pas avec elle.

Tout va bien. Comme d'habitude, sa sœur Jane l'attendra sur le parking et elles fileront vers Solesmes. Elles arriveront largement à temps pour le début du conseil municipal. Oh, personne n'oserait lui dire quoi que ce soit si elle était en retard, à vrai dire on comprendrait même qu'elle ne vienne pas du tout (pensez donc, avec toutes ses obligations maintenant que François est en piste pour la présidence, elle doit être épuisée, la pauvre !) mais elle ne veut surtout pas se faire remarquer. En plus, ce soir, un pot est prévu pour le départ à la retraite de Patricia Robuchon, la secrétaire de mairie. Il serait extrêmement indélicat de sa part de ne pas en être.

Tout va bien. François est parti en Allemagne. Il était de bonne humeur parce qu'il venait d'apprendre qu'Angela Merkel le recevrait à la Chancellerie et non pas au siège de la CDU. Il paraît que ni Sarkozy, ni Juppé n'ont eu droit à cet honneur lors de leurs récentes visites. Avant de se plonger dans son livre, Penelope relit l'ordre du jour du conseil municipal. Elle songe, en souriant, à son mari qui s'occupera de l'avenir de l'Union européenne pendant qu'elle débattra de l'opportunité pour la commune d'acheter, moyennant un euro symbolique, un terrain au bord de la Sarthe pour y aménager un chemin de randonnée. Enfin débattre, c'est un bien grand mot. À Solesmes, les décisions sont toujours consensuelles puisque tous les élus sont du même bord. Droit, bien sûr.

Mardi 24 janvier

Tout continue à aller bien. Les sondages annoncent que le dimanche qui vient, Benoît Hamon devrait remporter la primaire de la gauche. Il paraît que c'est excellent pour François, bien mieux que si Manuel Valls était en tête. S'il se retrouve face à Marine le Pen au second tour, l'élection sera dans la poche. François dit cela sans sourire, il ne sourit pas souvent en ce moment.

Autour d'eux, en revanche, c'est l'euphorie. Ils n'ont jamais eu autant de soi-disant intimes. Tous les jours, Penelope reçoit des SMS de félicitations d'amies plus ou moins perdues de vue. Comme si elle y était pour quelque chose ! Elles lui demandent de transmettre leurs amitiés à François. Elles sont tellement enthousiastes qu'on pense à cette phrase de Jane Austen à propos de deux vieilles connaissances qui se rencontrent par hasard dans la rue : « Elles manifestèrent à se retrouver une grande joie en personnes qui se sont fort bien contentées de ne rien savoir l'une de l'autre pendant des mois. » Peu importent les opportunistes, Penelope répond toujours par un petit mot gentil, question de correction. Si le correspondant se montre trop confiant dans la victoire à venir, elle tempère. Par pudeur autant que par prudence, elle écrit : « Oh, le chemin est long. Encore quelques étapes à passer ! » Parfois, elle rajoute quelques émoticons, celui qui envoie un baiser en forme de cœur ou celui qui sourit. L'autre jour, quand une journaliste de la Sarthe lui a demandé si elle se voyait en *First lady*, elle a répondu « Je fais du yoga, j'ai pour philosophie de vivre dans le présent. Je n'y ai pas pensé »… *Je ne veux pas y penser* aurait sans doute été plus exact. Mais il ne faut pas toujours dire la vérité aux journalistes, *isn't it* ? Elle fera ce qu'elle doit faire. Mais pas plus. Tout va bien.

17 h 56. La nuit est déjà tombée sur la capitale transie quand soudain, une rafale d'alertes tombe sur les téléphones. Les plus vifs à réagir transmettent la nouvelle à leurs collègues et amis. On adore ça, surtout à Paris, être le premier à savoir et à diffuser. Dans le genre, Alexis Bachelay, le porte-parole de Benoît Hamon, est un champion, il se précipite sur twitter : « Penelope Fillon aurait touché 500 000 euros comme attachée parlementaire de son mari » avant de trompeter dans un autre message : « *Le Canard enchaîné* accuse Madame Fillon d'avoir occupé un emploi fictif à l'Assemblée ». Rien ne va plus.

Penelope ne le réalise pas encore, mais il est loin le jour où elle pourra à nouveau prendre un train incognito. Elle s'accroche au faux calme des premières heures, elle se dit que ce n'est rien, un épisode de plus dans la campagne, de l'écume. François en a vu d'autres, par exemple, il y a deux ans quand ces journalistes du *Monde* ont prétendu qu'il avait demandé au secrétaire général de l'Élysée, Jean-Pierre Jouyet, d'accélérer les procédures judiciaires en cours contre Sarkozy. Un mauvais moment mais c'est passé. Tout passe, c'est ça la politique.

20 heures. Sur France 2, David Pujadas, costume gris et cravate grise, égrène des nouvelles grises. « Dans l'actualité ce soir : une nouvelle progression du chômage en décembre, la déconfiture du groupe Vivarte qui va vendre les enseignes André et Naf Naf, l'escalade verbale entre Benoit Hamon et Manuel Valls et enfin, l'effondrement du prix des résidences secondaires ». Depuis deux heures, les réseaux sociaux s'enflamment mais David fait comme s'il n'était pas au courant. Très rassurant, pense Penelope.

Ce n'est rien, Tu le sais bien, Le temps passe, Ce n'est rien, chante Julien Clerc[1].

1. *Ce n'est rien.* Compositeur Etienne Roda Gil. Auteur Julien Clerc. Copyright Crecelles Éditions SA, Sidonie.

Erreur. Avant de reprendre et surtout de développer une révélation, surtout si elle vient du *Canard*, les chaînes et les radios attendent prudemment de voir si l'information est fiable et comment elle évolue. Même BFM TV, ce premier soir, reste dans l'expectative. Il sera bien temps demain, si l'affaire prend de l'ampleur, de convoquer les éditorialistes, les politologues, les consultants en image, les experts de la gestion de crise, les sondeurs, les anciens juges, les spécialistes des enquêtes politico financières pour des éditions spéciales. François Fillon aussi se laisse prendre par ce sursis. Il ne se rend pas compte que ces heures sont celles qu'on accorde au condamné pour prendre un dernier repas. En l'occurrence, une galette des rois qu'il partage avec les permanents de son QG de campagne, rue Firmin-Gillot, près de la porte de Versailles. Pourtant, depuis quelques jours, il sait que *Le Canard enchaîné* va sortir cette histoire. Les journalistes l'ont appelé, lui ont posé des questions sur les dates, les montants. Il n'a pas jugé bon de répondre.

Est-ce qu'il a prévenu son épouse de la tempête qui s'annonce ? D'une manière générale, il lui parle rarement du boulot. Même à Anne Méaux, sa communicante en chef, même à Thierry Solère, son porte-parole, même à Patrick Stefanini, son directeur de campagne, il n'a rien dit. Tous tombent de l'armoire.

En toute hâte, une réunion s'organise avec quelques proches. Pas plus d'un quart d'heure, juste le temps de définir des éléments de langage, ces expressions que chacun dans le camp du candidat devra répéter au mot près s'il est interrogé. En gros, « on assume. Oui, François Fillon a bien employé sa femme comme collaboratrice parlementaire. Et alors ? Où est le problème ? Tout cela est parfaitement légal, voire banal ». Penelope est rassurée.

Mercredi 25 janvier

La veille, François est rentré tard. Ce mercredi matin, il file à Bordeaux où il sera reçu par Alain Juppé, son adversaire au second tour de la primaire. Les journalistes qui les suivent l'interrogent évidemment sur l'emploi de sa femme. Fictif ou non ? Penelope découvre sa réponse à la télévision : « Je voudrais simplement dire que je suis scandalisé par le mépris et la misogynie de cet article. Alors, parce que c'est mon épouse, elle n'aurait pas le droit de travailler ? Imaginez un instant qu'un homme politique dise d'une femme – comme le fait cet article – qu'elle ne sait que faire des confitures. Toutes les féministes hurleraient. Voilà ce que j'ai à dire. »

Bizarre, se dit l'épouse, ça ne lui ressemble pas ces phrases.

Elle qui savait si bien se préserver du flot de l'actualité n'y parvient plus. Tout est danger. La télé, la radio, même sa très chère *BBC*, le marchand de journaux de la rue de Grenelle devant lequel elle passe pour aller faire ses courses… Il paraît que *Le Canard enchaîné* a mis en vente 500 000 exemplaires, 100 000 de plus que d'habitude et qu'il s'arrache.

20 heures. Sur France 2, le souriant Julian Bugier remplace David Pujadas, sans doute en congé. Il démarre : « Dans l'actualité ce soir, l'affaire Penelope Fillon qui prend de l'ampleur ». Et pendant qu'il parle, sur l'écran, défilent des images. La une du *Canard* d'abord avec ce titre « Pour Fillon, Penelope est un bon filon ». Ce soir, la dame qui veut vivre dans le présent aimerait faire un bond dans le futur. Elle pense encore que l'orage va s'apaiser.

Ce même jour, au Maroc, où je viens d'atterrir pour une semaine de vacances, mes voisins de bar, qui ont visiblement le cœur à droite, veulent aussi y croire. Le Club Med d'Agadir en janvier, c'est la résidence secondaire de ceux qui sont trop vieux ou pas assez riches pour aller chercher le soleil aux

Maldives. Ils viennent tous les ans deux ou trois semaines depuis tant d'années qu'ils réclament leur chambre habituelle et se mettent en colère si elle est déjà prise par un plus habitué qu'eux. Ils traitent le chef de village comme un majordome débutant auquel il conviendrait d'expliquer comment fonctionne la maison et pestent si on a osé changer l'emplacement du salon de bridge. Ils tutoient le barman, lui demandent en arrivant « Alors Mohamed, comment vont les enfants ? ». Et quand, grâce au forfait *all inclusive* qui permet de ne pas chipoter sur le punch planteur, ils se laissent aller à évoquer des souvenirs, ils racontent comment, autrefois, dans les cases de Djerba ou d'ailleurs, on batifolait gaiement, façon Thierry Lhermitte dans *Les Bronzés*. Ou Gérard Jugnot si on avait un physique moins facile. Le couple avec lequel je dîne ce premier soir a sûrement batifolé mais c'était il y a longtemps. Maintenant, l'homme veille avec inquiétude sur sa fragile épouse. Il en est touchant. Jusqu'au moment où le sujet Penelope arrive sur la table. « Dans trois jours, on n'en parlera plus », me dit le vieux monsieur. Il s'y connaît, il a été conseiller municipal pendant vingt ans de Saint-Cloud, une commune friquée des Hauts-de-Seine, il a fréquenté Untel et Untel à l'UMP, qu'il appelle encore le RPR. À l'évidence, il a déjà bien assimilé les éléments de langage puisqu'il me dégaine la théorie du complot : « Tout cela ce sont des inventions des journalistes. Ils sont tous de gauche, chère Madame ! » Et j'entends dans la tonalité de ce *Chère Madame* que l'opinion d'une femme sur un sujet aussi sérieux que la politique lui paraît à peu près aussi pertinente que celle de son petit-fils qui est en CM1. Le profil type du macho, vieillissant mais encore nocif, je les reconnais à mille lieues.

Jeudi 26 janvier

Cela ne s'arrange pas. Le monde entier désormais est au courant. De Buenos Aires *(La esposa del candidato conservador de Francia cobró casi un millón de euros del Congreso sin trabajar*) à Téhéran (*Presidential candidate Fillon searched over wife's 'fake job'*), on parle d'elle, on montre sa photo. Comme à l'annonce d'une maladie, elle cherche par tous les moyens à évaluer le degré de gravité de ce qui lui tombe sur la tête. Dans l'attitude des professionnels, dans l'air apitoyé des amis. Cent fois dans la journée, elle oscille entre son instinct qui la prévient d'une catastrophe imminente et sa confiance en François qui affirme qu'on cherche à l'abattre mais qu'il ne se laissera pas faire.

Elle a une certitude, pourtant, une seule, elle la livre au téléphone à une de ses plus proches amies : « Ce qu'on dit sur moi est horrible. C'est le contraire de ce que je suis. »

Elle a le sentiment d'être au premier jour du reste de sa vie, un reste beaucoup moins agréable que la première partie. Elle s'en veut de ne pas en avoir mieux profité des temps heureux. Ce rythme qui hier lui paraissait si pénible, ces meetings, ces réunions, elle paierait aujourd'hui pour les retrouver.

Le soir, François va parler sur TF1. Il va tenter d'éteindre l'incendie. « Au lieu de cela, il a ouvert la porte et le feu s'est propagé dans toute la maison », m'explique un ancien membre de son camp.

Penelope ne voit pas le pyromane, juste son mari qui se défend bien.

Il dit : « Je ne trouve pas de mots pour qualifier le caractère abject de l'accusation. Le travail de mon épouse est réel et je m'en expliquerai devant la justice. Les parlementaires ont une enveloppe et ils font ce qu'ils veulent. Je fournirai tous les justificatifs nécessaires à la justice. »

Elle le trouve convaincant. Il ne se défendrait pas si bien s'il n'était pas sûr de lui.

« Elle a corrigé mes discours et m'a représenté dans des manifestations, elle a reçu des gens à ma place, Elle me faisait remonter les demandes des personnes sur le terrain. »

Vrai, absolument, c'est arrivé, approuve-t-elle.

« Lorsque j'étais sénateur, il m'est arrivé de rémunérer pour des missions précises deux de mes enfants qui étaient avocats, en raison de leurs compétences. »

Ah non, ils n'étaient pas encore diplômés à l'époque, il faudra qu'elle le lui rappelle. Mais c'est un détail.

Pas vraiment, Penelope, pas dans le contexte.

20.

Non, pas les enfants !

Il n'est pas donné à tout le monde d'inspirer un néologisme. Penelopegate ! L'intéressée, on s'en doute, n'en tire aucune fierté. Seulement un sentiment d'injustice. L'utiliser, elle, dont le rôle dans la carrière de François est à peu près égal à epsilon, pour baptiser un scandale politico-financier. La propulser en tête de gondole du feuilleton judiciaire, elle qui n'aspirait qu'à l'anonymat. La vie est d'une ironie cruelle. Penelopegate ! Le doute n'est plus de mise : l'affaire est grave. Elle mérite bien un A majuscule, se désole celle qui a toujours préféré les minuscules.

François, lui-même, se pince pour y croire. Penelopegate. Désormais, à chaque fois qu'il entend ou lit cette affreuse expression, dans un article, lors d'une interview, ou bien lors d'un déplacement, scandé au rythme des casseroles *Penelope, rends les sous*, il a l'impression de recevoir une décharge électrique. Elle qui était son havre de paix devient son point de vulnérabilité. Encore heureux, personne n'a remarqué qu'on l'appelait Penny quand elle était jeune. Nul doute que ce mot qui, outre-Manche, est aussi employé pour dire un « sou » ou un « centime », aurait inspiré des tas de mauvaises blagues.

Déjà, ils s'en donnent à cœur joie les humoristes, les dessinateurs, les chroniqueurs de tout poil. « Gagnez 500 000 euros à ne rien faire » titre *Charlie hebdo* avec, en pointillé et à découper, un masque hideux supposé représenter la malheureuse. Les réseaux sociaux sont plus redoutables encore car tout y est permis. Certains commentaires, plutôt amusants, auraient peut-être fait sourire François en d'autres temps. Par exemple, ce post-it (en hommage aux travaux de Penelope à *La Revue des Deux Mondes*) portant ces quelques notes manuscrites :

Guerre et paix (Tolstoï)

Note de lecture : « Un gros bouquin, avec pas mal de trucs qui se passent »

Penelope Fillon.

D'autres sont abjects. Heureusement pour elle, Penelope n'est pas accro à son téléphone. « L'invasion de la vie par le numérique m'inquiète beaucoup », dit-elle souvent.

Au QG du candidat, on s'active d'autant plus maintenant qu'on s'en veut d'avoir tardé à réaliser l'ampleur des dégâts. On désigne des avocats, un pour François, Maître Antonin Lévy, fils du philosophe Bernard-Henri Lévy, et un autre rien que pour elle, Maître Pierre Cornut-Gentille. Elle ne les connaît pas, elle n'a pas eu son mot à dire. Ni sur cela, ni sur le reste. On lui explique qu'il y avait urgence, pas le temps de consulter. On lui affirme que le premier est très sympathique, pas du tout pédant, l'exact contraire de son père, et que le second est charmant, elle s'entendra bien avec lui.

Une question me turlupine qui n'a l'air d'intéresser que moi : pourquoi faut-il aux Fillon deux avocats différents ? Après tout, leurs intérêts sont communs. En principe. Une amie me donne l'adresse d'un pénaliste chevronné, qui connaît bien les défenseurs des Fillon, il a lui-même été pressenti – affirme-t-il – pour rentrer dans l'arène. « C'est un très bon, il pourra t'aider », me dit-elle. Chaleureux, sympathique, clair, un peu cabotin mais c'est le moins qu'on puisse attendre d'un as de la plaidoirie, cet homme de loi est fort délicat, en plus, puisqu'il trouve mes interrogations pas idiotes du tout. « Cela ne sert pas à grand-chose d'avoir deux avocats, assure-t-il, si c'est pour qu'ils donnent des conférences de presse communes ». De fait, depuis le début de l'Affaire, Maîtres Levy et Cornut-Gentille semblent inséparables, tels Dupond et Dupont. Mais qu'adviendra-t-il de ce duo si un jour l'avocat de Penelope considère que l'intérêt de sa cliente est d'adopter un système de défense qui accable son mari ? Est-ce qu'il le lui dira ? « Bien sûr, me rassure le pénaliste, c'est la base de la déontologie ! » Même si c'est François Fillon qui le paie ? « Évidemment ». Mais il ajoute : « Un avocat doit tout prendre en compte, l'avenir d'un couple aussi. » Ah bon ?

Dans son grand bureau de Saint-Germain-des-Prés, mon nouvel avocat préféré botte en touche. Il préfère se lancer dans le récit imagé d'une gestion de crise dans le monde politique. Le problème, c'est la surenchère des conseillers. Il y a celui qui recommande son copain qui est le meilleur avocat de France, le journaliste qui sait mieux que tout le monde où et quand il faut parler, le communicant le plus connu de Paris qui prétend avoir une idée géniale, le concurrent direct du communicant précédent qui dit que son idée est nulle… Et puis, dans notre cas précis, il y a au milieu de tout cela un dénommé François Fillon qui n'en fait qu'à sa tête. Cette cacophonie est une pure catastrophe : « Tout ce petit monde suit trois stratégies à la fois et cumule les conneries. Nous les avocats, nous avons une ligne claire : nier, nier, nier jusqu'à l'échafaud et encore après. Le seul allié au pénal, c'est le temps, attendre que ça passe. Mais là, évidemment ça ne colle pas avec le calendrier électoral, d'où le bazar. Pour les spécialistes de la communication de crise, il faut absolument que le candidat parle, s'explique. Mais parler, on l'a bien vu, c'est alimenter la pompe à ennuis. » Il n'a pas dit ennuis, mon ténor du barreau, mais vous voyez l'idée.

Dans tout ce capharnaüm, il n'y en a qu'une qui ne met pas son grain de sel, c'est Penelope. Réfugiée dans son cocon du VIIe arrondissement, elle est à la fois au centre de l'Affaire et totalement extérieure à sa gestion. L'équipe de communicantes qui entoure François Fillon, Anne Méaux et Myriam Levy d'Image 7, Caroline Morard dans l'équipe Fillon depuis 2012, la zappent complètement. Pas une question de jalousie (encore que, nous y reviendrons) mais tout simplement, ce n'est pas elle leur cliente ou patron. Cette mise à l'écart, cette impression d'être un objet qu'on utilise quand on en a besoin et qu'on oublie le reste du temps, beaucoup de femmes d'hommes politiques les ressentent durement. Même, oui, même Brigitte Macron. Comme les autres, elle confie quelquefois sa sensation d'être transparente, ignorée par ceux qui gravitent autour de son mari, exposée comme lui à la violence des mœurs politiques mais sans personne pour soigner ses blessures.

Penelope se retrouve dans la situation d'un enfant sur l'avenir duquel les parents sont en train de débattre dans la pièce d'à côté. Les conseillers de François évaluent sa capacité à tenir devant les policiers, lui préparent des argumentaires, s'interrogent sur l'opportunité de la faire parler à la presse, prévoient pour la semaine suivante un reportage photo où on la verra faire le marché avec François souriante et décontractée (ce qui est assez peu crédible parce qu'il ne fait jamais les courses avec elle mais qu'importe, on parle de com là, on ne fait pas un documentaire !).

Ils imaginent une émission où elle bavarderait avec la langoureuse Karine Le Marchand, la même qui avait passé un si bon moment sur le canapé avec son mari, dans l'émission « Ambitions intimes », puis finalement ils y renoncent. Et quand ils ont enfin décidé d'un plan d'action, ils vont gentiment informer Penelope de ce qu'ils attendent d'elle. Ce serait formidable que vous soyez au meeting dimanche à la porte de la Villette. Non, non, pas dans la salle. Au premier rang. Vous aurez le temps d'aller chez le coiffeur avant ? Super. Pour la forme, uniquement pour la forme, on lui demande si cela lui convient. Elle, docile, répond : « Si cela peut aider mon mari, je le ferai ». Penelope n'est pas anglaise pour rien, *Keep calm and Carry on* peut-on lire sur les mugs ou les dessous de verre vendus dans les boutiques de souvenirs à Londres. *Restons calme et allons de l'avant.* Le slogan que le gouvernement britannique avait fait imprimer sur des affiches pour soutenir le moral de la population en cas d'invasion de l'Ile.

Le dimanche 29 janvier, quatre jours après la sortie du *Canard enchaîné* et autant de nuits d'insomnie, Penelope traverse la grande salle de meeting de la porte de la Villette au côté de son mari. Parmi la dizaine de milliers de militants qui les acclament, certains ont trouvé bon de détourner le slogan « Je suis Charlie » et brandissent une pancarte « Je suis Penelope ». Sur la scène, Florence Portelli, l'une des porte-parole de François, demande à l'assistance de faire un triomphe à l'épouse martyre. Comme prévu, les Fillon s'asseyent au premier rang. Ils ont parfaitement conscience des caméras et des objectifs qui guettent le moindre de leurs mouvements. Et pourtant, leur attitude est identique à celle qu'ils adoptent pour toutes les photos où ils posent ensemble. Lui regarde de face son auditoire, ses sympathisants, ses électeurs, la France. Et elle, elle le regarde lui. En baissant légèrement le menton, ce qui l'oblige à lever les yeux. Elle le contemple comme une sainte adore son Dieu, avec humilité. C'est une évidence, elle lui accorde la présomption d'innocence.

Et puis soudain, François esquisse un mouvement. On ne saura jamais s'il lui a été suggéré par les communicants, s'ils l'ont répété, ou bien s'il est spontané. Ce dont on est certain, c'est qu'il est totalement inédit, au moins en public. Alors que Virginie Calmels, une proche d'Alain Juppé, adresse, depuis la tribune, quelques amabilités à Penelope, cette dernière essuie une larme. Sentant cela, François vient poser sa main droite sur le poignet de son épouse. L'attitude se veut protectrice plutôt que tendre. Il pourrait adopter la même dans l'avion pour la calmer en cas de turbulences. Ou alors dans une voiture de course lancée à pleine vitesse et prête à s'écraser contre un mur, lui en pilote, elle copilote (la métaphore résume, à peine, ce qu'ils sont en train de vivre ces derniers jours).

Un jour, il a emmené Roselyne Bachelot faire un tour du circuit des 24 heures du Mans dans un bolide. Elle a hurlé, vraiment hurlé, pendant les 13 kilomètres de la boucle.

C'est long 13 kilomètres, même dans un bolide. Comment a-t-il réagi ? « J'ai accéléré », dit-il, tout content de lui.

Le lendemain du meeting, Penelope s'attend à une autre rude journée. Hors du champ des caméras mais sous le regard non moins redoutable des enquêteurs. Et puis non, finalement, ce n'est pas si terrible. Rien à voir avec les interrogatoires des séries policières américaines dont raffole François. Les policiers se montrent courtois. Courageux mais pas téméraires, ils n'oublient pas qu'ils sont peut-être en train d'interroger la femme du prochain président de la République. Malins comme tout, ils lui ont évité la cohue de la presse en se délocalisant pour l'occasion de leurs bureaux de Nanterre à Versailles. Quand elle rentre chez elle, ce lundi 30 janvier, elle se dit que le pire est passé.

Mais à peine vingt-quatre heures plus tard, le mardi après-midi, elle apprend que *Le Canard enchaîné* tient dans son bec un autre fromage. Le mercredi 1er février, le journal satirique titre : « L'addition flambe : 330 000 euros de mieux pour

Penelope et 84 00 euros pour les enfants ». Tout ce qu'elle voit, Penelope, c'est le dernier mot. « Oh non, pas les enfants ! ».

Ce n'est pas tout : France 2 annonce que l'émission « Envoyé spécial » s'apprête à diffuser la fameuse interview de Penelope en 2007, ravageuse pour la défense de François puisqu'elle y dit qu'elle n'a jamais été son assistante. Comme le chante le Suisse Stephan Eicher[1], « Les nouvelles sont mauvaises d'où qu'elles viennent. »

---

1. *Déjeuner en paix*. Compositeur Stephan Eicher. Auteur Philippe Djian. Copyright Electric Unicorn Music Production, Electric Mermaid Music productions.

21.

Les mauvaises langues

À Hollywood, les scénaristes apprennent à soigner ce moment de l'intrigue où le spectateur croit que le héros ou l'héroïne ne peut pas tomber plus bas. Mais si, il le peut, il le faut. On peut toujours faire pire.

Chaque jour, Penelope endure un peu plus que la veille. Cela me rappelle une publicité qui paraissait chaque semaine dans *Télé Poche* quand j'étais gamine (j'aimerais dire comme certains que je dévorais les grands auteurs de la bibliothèque de mes parents mais ce serait beaucoup enjoliver la réalité). La photo représentait un jeune couple sur le point de s'embrasser, ils étaient très mode dans leur pull en shetland moulant. En bas de page, on montrait une médaille sur laquelle était inscrite « Je t'aime + qu'hier – que demain » avec des petits diamants sertis dans le plus et dans le moins. Je rêvais qu'un jour un beau prince me trouverait assez à son goût pour me faire un tel présent. Au cas où un prince traînerait par-là, j'ai vérifié, les médailles existent toujours, elles ont une histoire, racontée sur le site de la société qui les commercialise. Le joaillier lyonnais Alphonse Augis s'est inspiré d'un poème, de Rosemonde Gérard à son mari Edmond Rostand. *Car vois-tu, chaque jour, je t'aime davantage, aujourd'hui plus qu'hier et bien moins que demain.*

C'est quand elle comprend la deuxième partie de l'équation, « moins que demain », que naît chez Penelope un sentiment nouveau. À la souffrance s'ajoute la peur. Contre un choc identifié, avéré, passé, elle peut se soigner, remonter la pente, *Keep calm and carry on.* Contre un coup dont elle ignore qui va le porter, où et quand il va l'atteindre, à quel point il la blessera, elle ne peut qu'attendre, le ventre serré. Jusque-là, elle a appréhendé les mardi après-midi, heures fatidiques durant lesquelles *Le Canard Enchaîné* laisse filtrer des informations sur son contenu du lendemain. Maintenant, tout est menace tout le temps. Un SMS, une fuite sur les auditions en cours, un article de Mediapart, un photographe planqué au bout de sa rue, une pseudo-amie qui bavarde… Même *Closer* s'y met (à côté *Le Canard*, c'était presque chic). Pendant des jours, Twitter s'excite sur des photos que détiendrait l'hebdomadaire. Des photos compromettantes, prises par un paparazzi, de François et de Caroline (Morard), sa chargée de communication. Le Tout-Paris se lèche les babines. Mais les clichés publiés restent sages. Plus de peur que de mal. Enfin, pas tout à fait. Le titre qui accompagne la « paparrazade » est explicite bien qu'il joue sur les mots pour éviter les risques de procès. « Depuis quatre ans, cette jolie blonde de 40 ans (Caroline Morard) est à son côté 24 heures sur 24 ». L'article de *Closer* se risque à mettre noir sur blanc ce que beaucoup de journalistes et de politiciens croient savoir. Quant à Penelope, jamais elle n'évoque ce bruit qui galope depuis des années, plusieurs de ses proches me l'ont assuré. Parce qu'elle ne prête aucune attention aux calomnies ?

Depuis qu'Anne Sinclair, dont je n'ai aucune raison de douter de la sincérité, a affirmé qu'elle ne savait rien des infidélités de son mari, je me dis que dans le domaine du déni, tout est possible. Vertigineux, quand on y pense, ce phénomène : un patron qui veut votre peau, des analyses de sang qui se dégradent dramatiquement, une copine qui vous débine… Tout le monde prétend le savoir, tout le monde se vante de le comprendre. Sauf vous. Et de toute façon, vrai ou faux, que pourriez-vous y faire ? Une fois que les (mauvaises) langues sont lâchées, comment lutter, où se mettre à l'abri ? Penelope part quelques jours chez sa sœur Jane, au Mans. *Closer* en conclut qu'elle a quitté le domicile conjugal et la remet en une avec ce titre « Elle a craqué ». Juste à côté d'elle, sur la couverture, François est en… peignoir. La photo a été prise sur une plage de l'île de la Réunion où il est parti faire campagne.

Même Sablé, malgré son haut mur de pierres, n'est plus un refuge. Si François est mis en examen et elle par la même occasion, ce qui ne saurait tarder paraît-il, les policiers de l'Office central de la lutte contre la corruption et la lutte contre les infractions financières et fiscales – Mon Dieu, ce nom ! Rien qu'à le lire elle en a des nausées – peuvent débarquer d'un matin à l'autre. Le jardinier a été prévenu, il devra ouvrir la porte sinon ils appelleront un serrurier. Le sol se dérobe sous les pieds de Penelope à la simple pensée de ces inconnus pénétrant chez elle, fouillant ses tiroirs, inspectant ses albums photo, éventrant – ça s'est vu – les matelas.

Et s'ils tombaient sur des documents confortant leurs soupçons ? Au rythme où vont les choses, elle ne jure plus de rien. Qu'est-ce qu'elle a pu écrire il y a dix, quinze, vingt ans ? Qu'a-t-elle innocemment conservé dans ses commodes ? Des billets de train qui montreraient qu'elle n'était pas là où elle l'a dit au juge, un ou deux agendas aux pages trop vierges, quelques factures de téléphone bien muettes… la moindre contradiction deviendra un indice de sa culpabilité, les avocats le lui ont bien dit. À l'inverse, les policiers peuvent ne rien trouver du tout, pas l'ombre du début d'une preuve qu'elle « assistait » bien François. Ce qui, évidemment, n'est guère plus réjouissant. Au fait, a-t-elle noté les courriers auxquels elle répondait ? Parce que de cela au moins, elle en est sûre, elle répondait toujours. Même aux faire-part de naissance que lui adressaient de parfaits inconnus. Elle prenait bien soin de vérifier si le nouveau-né avait des frères et sœurs et combien pour adapter la formule et ne commettre aucune faute d'accord. *Penelope et François Fillon ont été très heureux d'apprendre la naissance de Laurène. Ils vous en félicitent très chaleureusement et adressent à toute la famille leurs vœux de bonheur. Elle doit faire la joie de ses frère et sœurs.*

En ce moment, elle a à peine le temps de lire les lettres qui leur parviennent. Une avalanche de courrier où se glissent parfois des horreurs. Les SMS, en revanche, elle s'astreint à y répondre. Elle dit que oui, elle tient le coup. Pas le genre à s'épancher. Du coup, on s'inquiète. « C'est tellement compliqué pour elle à gérer, cette histoire qu'on lui a mise dans les jambes, soupire une de ses meilleures amies, Agnès Arthus-Bertrand, cousine du photographe et élue en tant que remplaçante au Conseil départemental de la Sarthe. Elle n'est vraiment pas bien ». Jean-Claude Ragaru, Sabolien et vieil ami du couple, tire la sonnette d'alarme : « Elle est hyper fragile ». J'ai l'impression toutefois que pour cet homme, désolé de ne pas pouvoir me parler longtemps – il doit rentrer, son épouse est bouleversée par la mort de leur petite chienne – c'est l'espèce féminine en générale qui est fragile.

Curieusement, Penelope se met à redouter les messages de soutien. Elle se sent salie que les gens parlent autant d'elle, même pour la plaindre. Trop, c'est trop. Son beau-père Michel, le père de François, a cru bon de publier sur sa page Facebook une pétition intitulée « Soutien entier et total du peuple français à Penelope Fillon ». Les auteurs de ce manifeste ne craignent pas le ridicule. « Que serait un homme politique sans sa femme qui est sa colonne vertébrale ? osent-ils. Qu'aurait été le général de Gaulle sans Yvonne ? Georges Pompidou sans sa femme Claude ? » Ils n'ont oublié qu'Adam et Ève.

Le pire du pire reste les mots du camp d'en face. Ségolène Royal la dépeint en « mère de famille très respectable, victime d'un dispositif qu'elle ignorait manifestement », Cécile Duflot déplore « la violence personnelle de ce qu'elle est susceptible de vivre ». Et l'« autre », celui qui sort de l'œuf, qui monte dans les sondages, qui profite de leur malheur, le jeune et inexpérimenté Macron, eh bien, il est tout aussi nickel : « J'ai beaucoup de respect pour l'épouse de François Fillon, que je ne connais pas, mais ce qu'il se passe pour elle est d'une extrême violence ». Dans la vie, quand vos pires ennemis se mettent à devenir empathiques, c'est qu'on est vraiment à terre, non ?

Ceux qui veulent du mal à François sont emplis de compassion pour elle. Ceux qui continuent à le courtiser font mine de se soucier de son moral parce qu'elle est son épouse, et parce qu'ils veulent se donner un rôle qu'ils n'ont pas. En réalité, ses vrais amis ne se recrutent pas dans les salons parisiens, la plupart vivent dans la Sarthe ou dans les environs, Odile Lorne à Chevillé (son mari Fabien est maire de sa commune et conseiller départemental Les Républicains), Agnès Arthus-Bertrand à Sablé, les Beysseyre des Horts à Saint-Brice (en Mayenne) et, bien sûr ses sœur et beau-frère, Jane et Pierre Fillon au Mans.

Mais au plus fort de la crise, dans ces moments où on se roule en boule pour parer les coups, ceux auprès desquels Penelope trouve du réconfort se comptent sur les doigts des deux mains. Sur l'une, la gauche, celle où elle porte son alliance et sa bague de fiançailles, il y a ses cinq enfants. Parce qu'il n'y a rien de mieux pour se sentir forte que d'avoir à protéger sa progéniture. Sur la droite, celle avec laquelle elle fait le signe de croix, le dimanche en entrant à l'église, il y a la religion. Dieu le père, le fils et le Saint-Esprit, la vierge Marie. Et aussi François, le pape.

22.

Une cache à Solesmes

Pour la première fois depuis longtemps, Penelope a séché le conseil municipal de Solesmes. Je m'en doutais un peu vu le tour que prennent les événements mais je suis tout de même venue y assister et passer quelques jours dans la Sarthe au cas où. On me dit qu'elle est partie se réfugier chez une de ses sœurs dans le Wilshire. Ou alors en Écosse. Ou alors, non finalement, quelqu'un lui a parlé, elle est terrée dans son appartement à Paris.

François, au moins, tout le monde sait où il est. Ce premier jour de mars, il est attendu au Salon de l'agriculture. Mais à l'heure du premier café, les « alertes actu » pleuvent sur mon téléphone, BFM se remet en *Édition spéciale*, son régime normal ces jours-ci. La nouvelle : François Fillon n'ira pas porte de Versailles, il a annulé à la dernière minute mais il donnera une conférence de presse à son QG de campagne à midi pile. D'ici là, il faut meubler. Les éditorialistes rappliquent sur les plateaux. Que prépare le candidat ? Chacun y va de son scénario. Aucun n'a la réponse. Personne n'a été mis dans la confidence.

Mais, moi, je sais. Il va dire qu'il renonce pour elle, par amour, parce que la politique ne vaut pas de sacrifier une femme qu'on aime. Chrétien comme il est, il n'a pas choisi la date par hasard. Aujourd'hui, c'est le mercredi des Cendres, le début du Carême, cette période de quarante jours qui, pour les croyants, s'achève par le souvenir de la Crucifixion du Christ puis sa résurrection d'entre les morts, trois jours plus tard. Un moment où les plus pratiquants opèrent un retour sur eux-mêmes, jeûnent, pratiquent l'abstinence et surtout entrent en pénitence. Tous les espoirs, concernant François, sont donc permis. Depuis deux mois que je vis avec Penelope, je me suis un peu attachée forcément, donc je suis contente pour elle. Je sais bien que jamais elle ne lui aurait demandé un tel sacrifice, mais elle est soulagée. Cette fin romanesque a de la classe, c'est autre chose qu'une main posée fugitivement sur la sienne dans un meeting.

Le temps risque d'être long d'ici midi. Puisque je suis à deux pas de cette abbaye que Penelope aime fréquenter, autant aller à la messe avec les Solesmois.

Il y a deux semaines, lorsque François Fillon a assisté à un office lors d'un déplacement à la Réunion, la presse s'est beaucoup amusée : le prêtre avait choisi un texte de l'Évangile selon saint Matthieu qui parlait d'argent. Païens de journalistes ! Et d'une, les textes sont choisis par le Vatican des années à l'avance et lus le même jour dans toutes les églises catholiques du monde. Et de deux, la justice, l'argent, le travail et (hélas ?) la culpabilité sont des thèmes récurrents dans la Bible. Pas difficile d'y trouver des allusions à l'Affaire. La preuve, ce 1er mars à Solesmes, où le chant des moines berce mes oreilles. « Ayons confiance en Dieu et en sa justice » dit le psaume. Ou encore : « Celui qui ne travaille pas alors qu'il le pourrait ne fait pas son devoir. Il faut travailler comme si le résultat ne dépendait que de nous et faire confiance à Dieu comme si le résultat ne dépendait que de lui. On ne peut pas servir Dieu et l'argent en même temps ».

Je me demande si là où elle est, Penelope est allée à la messe aujourd'hui.

Sur le parvis, les paroissiens parlent de l'Affaire, bien sûr. Pas comme à Paris. Ici, on est juste tristes. De vieilles dames répètent en hochant la tête que c'est bien malheureux tout ça. Un homme qui en a vu d'autres explique à ses camarades que Fillon doit faire comme le Général en 68, disparaître quelques jours à Baden-Baden (ou ailleurs à l'étranger, s'il préfère, là n'est pas la question) et organiser une manifestation géante à son retour. Sur ce deuxième point, le conseiller solesmois sera écouté.

Le Père Soltner m'a repérée. Tout sourire et un brin cabot, il m'embarque au presbytère, me montre des mails de soutien à Penelope, surnomme *Le Canard enchaîné*, le « connard déchaîné ». Il tient à me photocopier un article de *France Dimanche*. L'une de ses ouailles l'a averti qu'il était en photo dans un « journal pornographique » qui le présentait comme le conseiller spirituel de François Fillon. « Faux, archi faux, scande le moine sans se départir de sa jovialité, je le connais à peine, il ne vient pas très souvent à la messe. Les rares fois où je l'y ai vu, c'est quand j'ai célébré le baptême de ses petits-enfants ». Le Père a appelé *France Dimanche* pour dire que tout cela ne tenait pas debout mais comme le signataire de l'article lui a expliqué qu'il avait tout recopié sur un journal belge, il ne lui en veut pas, ce n'est pas de sa faute. Mauvaise camarade, j'explique que ce n'est pas une excuse, que les journalistes sont supposés vérifier ce que les autres ont écrit avant de le reproduire, mais rien ne semble pouvoir altérer la bonne humeur naturelle de mon interlocuteur. « Je me demande s'ils vont faire une rectification dans *France Dimanche* » me lance-t-il. Il a la foi, le Père Soltner.

« Ma pratique religieuse est assez libre » écrit François le chrétien dans le chapitre intitulé « La foi » d'un livre qu'il a publié en 2015[1]. Tout à fait conforme à ce que j'ai appris ce matin. Mais il raconte aussi que chaque année, il rend visite aux Bénédictins dans leur abbaye « empreinte de respect et d'humilité » et qu'il s'y ressource. Une formule qui laisse imaginer une retraite spirituelle d'une journée a minima. La réalité est plus prosaïque. Une fois par an, pour l'Épiphanie, les moines invitent tous les hommes du Conseil municipal (parité ou pas, les femmes ne sont pas admises à l'intérieur de l'enceinte). François n'est plus élu de Solesmes, c'est Penelope qui l'a remplacé, on l'a dit, mais il est invité d'honneur. Sa

1. *Faire*, op. cit

visite annuelle consiste donc à se ressourcer en se restaurant.

Bientôt midi. À 250 kilomètres de l'abbaye, dans son QG parisien, François doit être en train de peaufiner l'annonce qu'il s'apprête à délivrer lors de la conférence de presse surprise qui, depuis le début de la matinée, tient toute la classe politique et journalistique en haleine. Des équipes de BFM et de France 3 sont venues jusqu'à son fief de Sablé et ont déjà planté leurs caméras pour un « direct » sur la place de la Mairie. Je rejoins la petite troupe des reporters. Nous sommes « au cœur de l'événement » et il ne se passe strictement rien. Paris s'agite, Sablé s'en fout. Au pub Élysée, la télévision diffuse une chaîne musicale, la patronne ne veut rien savoir, elle en a marre d'entendre parler de politique, non elle ne mettra pas BFM. Je finis par capter la chaîne grâce à mon iphone.

J'avais peur de rater la déclaration d'amour de François à Penelope. C'est lui qui rate l'occasion. J'aurais dû savoir que les hommes sont rarement à la hauteur du désespoir des femmes. Sur mon petit écran, je le vois, debout devant son pupitre. Toujours aussi raide et sûr de son droit, il annonce qu'il est convoqué chez le juge le 15 mars, dans deux semaines, en vue d'une mise en examen. Il annonce qu'il s'y rendra mais en appelle au peuple français. C'est à lui qu'il s'en remet « parce que seul le suffrage, et non une procédure menée à charge, peut décider qui sera le prochain président de la République française ». Tout juste concède-t-il une « erreur » parce qu'il a eu recours à des « pratiques anciennes qui ne sont plus acceptées par les Français ». Le salariat de sa femme et de ses enfants. Petite musique du *tout le monde le fait.* Puis, il dénonce l'emballement de l'opinion publique et martèle « Je ne céderai pas. Je ne me rendrai pas. Je ne me retirerai pas ». On comprend que même s'il devait être mis en examen, il se maintiendra. C'est l'inverse de ce qu'il avait affirmé au tout début de l'Affaire au JT de TF1.

En le regardant, il me revient en mémoire cette phrase de la romancière anglaise, Anita Brookner[1]. « La pire chose qu'un homme puisse faire à une femme, c'est lui donner l'impression qu'elle n'est pas importante »

So sorry, Penelope.

1. *Regardez-moi,* La Découverte, 1988.

23.

« Je t'aime, je t'aimais, je t'aimerais »

Pas sûr qu'il s'en rende compte, François, tout préoccupé qu'il est de lui-même. Pour son anniversaire, Penelope lui offre un cadeau somptueux. Peut-être le plus beau qu'il ait jamais reçu. Pas une montre suisse, pas un costume chic, pas même un nouveau drone, ces jouets pour anciens petits garçons qui l'amusent tant depuis quelque temps. Mille fois mieux. Un cadeau qui n'a pas de prix. Une surprise. Ce samedi 4 mars 2017, jour des 63 ans de son mari, Penelope quitte son domicile parisien vers midi. Avant de s'engouffrer dans la voiture qui va la conduire boulevard Haussmann, chez son avocat, elle lève la tête et remarque que des drapeaux tricolores flottent sur plusieurs balcons. Un geste de solidarité de voisins qu'elle ne connaît même pas. Discret et classe, tout ce qu'elle aime. Un joli présage. Une amie de Penelope, une des rares qui lui parle plusieurs fois par semaine au téléphone, me certifie qu'elle date de ce jour-là, un changement dans le ton de sa voix. Une énergie, comme un appétit de vivre après des jours et des jours de diète qui ont rendu son visage si maigre. « Regarde, Quelque chose a changé, L'air semble plus léger, C'est indéfinissable », chantait Barbara[1], en 1981, à propos d'un autre François qui venait d'être élu Président.

Dans le bureau de Maître Cornut-Gentille, Penelope fait la connaissance de deux personnes qu'elle a vaguement entrevues à la télévision. Hervé Gattegno, le directeur de la rédaction du *Journal du dimanche*, et Anna Cabana, qui y est rédactrice en chef du service politique. Anna est très brune et très souriante, elle a l'air bienveillante. Penelope remarque qu'elle a à peu près l'âge de Marie, sa fille aînée. Hervé lui a la cinquantaine, il est plus intimidant, mais Anne Méaux, présente elle aussi, a promis à Penelope que tout se passerait bien. C'est elle, la grande pro de la communication

1. *Regarde*. Compositeur/Auteur Barbara.

engagée par François Fillon, qui a dealé l'interview. Elle sortira le lendemain matin, le jour de la manifestation que François a organisée au Trocadéro avec l'aide logistique de ses indéfectibles partisans, les « cathos tradis », de Sens commun. Ce rassemblement est son va-tout après une folle semaine durant laquelle il a vu nombre de ses alliés le lâcher, une partie de son équipe rapprochée démissionner (dont son directeur de campagne, Patrick Stefanini, son porte-parole Thierry Solère et son trésorier, Gilles Boyer), son manoir de la Sarthe perquisitionné, son meeting de Nîmes chahuté au son des casseroles et des slogans qui ruinent des années d'efforts pour parfaire son image (« Penelope la cagnotte ») et, *last but not the least*, sa tête encadrée à la une de *Libération* avec ce titre qui le ridiculise jusqu'au sein de la droite : « Le forcené de la Sarthe ». Avec autant de rebondissements, les scénaristes de *House of cards* auraient de quoi tenir une vingtaine d'épisodes.

C'est cette série noire justement qui a décidé Penelope à parler. Elle savait depuis toujours que François le solitaire n'avait pas beaucoup d'amis, elle répétait qu'il n'était pas un tueur mais c'est la première fois qu'elle le voit si seul et si vulnérable quoi qu'il en dise. S'il n'en reste qu'une, ce sera elle.

Histoire de détendre l'atmosphère, le *JDD* a prévu un buffet léger avant l'interview. À peine Penelope a-t-elle terminé sa salade qu'elle se met à débarrasser. Se rendre utile, toujours. Accomplir les tâches les plus modestes, comme d'habitude.

Maintenant, elle est prête, elle attend les questions des journalistes. Ils poseront toutes celles qu'ils souhaitent, ils mettront ensuite en forme les propos puis les soumettront dans l'après-midi pour relecture et corrections éventuelles. Rien d'inhabituel, c'est souvent la règle dans la presse écrite pour les entretiens questions réponses. Bien que tout soit sous contrôle, Anne Méaux et Pierre Cornut-Gentille se tiennent prêts à intervenir si leur cliente se retrouve en difficulté.

« Pourquoi avez-vous décidé de parler aujourd'hui ? » attaquent les intervieweurs.

Bonne question, cela fait plus un mois que l'Affaire a éclaté, nul doute que les lecteurs vont se la poser.

Penelope évoque d'abord son désir de couper court aux calomnies (divorce, dépression..) qui ont couru toute la semaine à son propos. Puis soudain, elle lance :

« Ce que je veux dire, c'est que je suis là ; j'ai toujours été là ; je serai toujours là. »

On dirait du Cabrel dans le texte « *Je t'aime, je t'aimais et je t'aimerai*[1] ». Anne Méaux, la femme qui est payée, très bien payée même, pour tout prévoir est soufflée. La tirade n'était pas prévue mais, en termes de com, c'est excellent. Elle laisse Penelope continuer.

La supportive wife, comme disent les Anglais, se surpasse : « Je suis avec François depuis trente-six ans et je serai encore là tout le temps qui nous reste à vivre ». Mais après tout, cette insistance à vouloir vieillir ensemble cache peut-être une légère inquiétude. Sera-t-il là « tout le temps qui lui reste à vivre » ?

Tout cela est très fleur bleue mais ces cœurs de pierre de journalistes ont sur leurs bloc-notes quelques questions plus dérangeantes. Ils veulent absolument savoir par exemple, si Penelope était au courant des dates de ses contrats de travail et des rémunérations qui y étaient mentionnées. La réponse fuse.

« Bien sûr que je comprenais ce que je signais. Cela m'a choquée qu'on puisse penser que j'étais

1. *Je t'aimais, je t'aime et je t'aimerai.* Compositeur/Auteur Francis Cabrel. Copyright Chandelle Productions.

une ignorante et une imbécile. Mais je pouvais le supporter. Ce que je ne peux pas supporter, c'est l'insulte envers mon mari que cela induit. »

Autrement dit : Faites-moi du mal tant que vous voudrez, cela m'est égal, mais ne le touchez pas lui. *Souffrir par toi n'est pas souffrir*[1] chante Julien Clerc.

Un cri d'amour ? Sans doute mais il me semble que ce samedi 4 mars, c'est aussi elle-même que Penelope aime. Enfin.

Elle s'est trouvé une mission que personne d'autre qu'elle ne peut, ni ne veut prendre en charge. Une tâche noble, pas la petite main de service, elle tient à le faire savoir. Elle récupère son mari en miettes mais elle ne l'abandonnera pas. Elle se donne enfin un rôle, le beau rôle.

À chaque pays ses héros. Et ses héroïnes, moins nombreuses et du même coup très sollicitées par les donneurs de leçons. En France, nous avons Jeanne d'Arc, très pratique dès qu'on veut illustrer le courage, l'amour de la patrie et de son dieu, la notion de sacrifice ou encore la pureté d'âme et la virginité (encore que la corrélation entre ces deux

---

1. *Souffrir par toi n'est pas souffrir.* Compositeur Julien Clerc. Auteur Etienne Roda Gil. Copyright Crecelles Éditions SA, Sidonie.

dernières caractéristiques reste à démontrer). En Grande-Bretagne, dans un genre proche, le bûcher et la virginité en moins, ils ont Florence Nightingale. Une fille de bonne famille qui, malgré l'opposition résolue des siens, est partie travailler dans un hôpital militaire pendant la guerre de Crimée où, jour et nuit grâce à son infinie compassion mais aussi à ses talents d'organisatrice, elle a soigné les soldats anglais. Puis revenue dans son pays, elle a créé à Londres, en 1860, la première école d'infirmières du pays, qui porte d'ailleurs toujours son nom. En matière d'émancipation, Florence est légèrement plus subversive que Jeanne mais quatre siècles les séparent. À ceux qui exaltaient son sens du dévouement (sous-entendu, une qualité si féminine), la Britannique répondait qu'ils n'avaient rien compris. Non, elle ne s'était pas sacrifiée, ce métier avait été un moyen de sortir de ce que son époque et son milieu social attendaient d'elle, c'est-à-dire pas grand-chose à part sourire à son mari, faire du cheval et des enfants.

À propos de son cheminement, elle écrivit, dans une lettre à son père : « J'ai pris possession de moi-même ».

Le samedi 4 mars, Penelope prend possession d'elle-même. Et le lendemain, tous ceux qui lisent *Le Journal du dimanche* l'apprennent. Ils constatent aussi que cette conquête a un prix : Penelope assume – « bien sûr que je comprenais ce que je faisais ». Elle se revendique comme une femme responsable. Elle n'est plus ou pas une potiche. Elle pense par elle-même.

C'est fou l'énergie qu'on se découvre quand on est certain d'être sur la bonne voie. Aller au Trocadéro, demain ? La veille encore, elle hésitait écoutant les avis des uns et des autres. Les communicants qui voulaient la mettre au premier rang, les amies qui lui disaient de se protéger. Maintenant, elle a tranché, elle ira. À ses conditions.

Le dimanche 5 mars, à peine François a-t-il terminé son discours qu'elle surgit telle une petite souris qui aurait trouvé une fissure sur cette scène battue par la pluie où se serrent quelques figures, François Baroin ou Éric Ciotti et beaucoup de seconds couteaux (les premiers se sont fait porter pâles). Quelqu'un lui a mis un drapeau dans les mains, elle l'agite gentiment. François n'a pas l'air surpris de la sentir soudainement à ses côtés comme si c'était évident qu'elle serait là, toujours. Et il reproduit ce geste qu'il a souvent esquissé devant les photographes, le seul attouchement qu'ils s'autorisent en public, il met sa main sur son épaule. Elle est son appui. Comme quand il était perclus par sa sciatique à l'époque où le président Nicolas lui faisait tant de misères et qu'elle n'avait eu de cesse de trouver le kiné qui le soulagerait. Quand il est mal, il a besoin d'elle.

Penny est de retour. Elle est la jeune cavalière qui, au pays de Galles, sautait les haies dans les prairies qui entourent la maison de ses grands-parents. Elle est l'étudiante qui ne paniquait pas le jour de l'examen. Les épreuves sont toujours là mais elle va les affronter de face, la tête haute et à sa manière.

En matière d'obstacles, la suite des événements dépasse toutes ses craintes. Le 12 mars, la presse révèle que François se serait fait offrir des vêtements de chez Arnys par des amis. On parle de plusieurs costumes à 7000 euros, de vestes au col Mao de « type forestier » pour un montant de 15000 euros, et de deux pulls en cachemire atteignant les 4000 euros. Entre autres.

C'est vrai qu'il aime bien les beaux vêtements, François. Il les achète lui-même, elle ne s'en occupe pas, elle n'est pas au courant. Des costumes « offerts » ? Qui plus est par ce Robert Bourgi, que les journaux présentent comme un missi dominici de la Françafrique, à tu et à toi avec tous les présidents du continent noir ? Non, elle ne voit pas. Sûrement une « boule puante », une de plus, comme dit François. L'embêtant, c'est que maintenant dès qu'il mettra le nez dehors, tout le monde va scruter la façon dont il est habillé, il va devoir faire attention. Est-ce que Penelope applique à elle-même cette sage pensée ? Sinon, je voudrais lui donner un conseil d'amie qui ne devrait pas trop lui coûter, elle qui ne prise guère les marques de luxe, habituellement. Le trench-coat Burberry qu'elle portait au Trocadéro, il faut oublier. Un imper, un impair. Les Lacaniens adoreraient mais pas sûr que Penelope se passionne pour l'analyse.

À peine le temps de reprendre son souffle entre deux haies à sauter.

Le 14 mars, avec un jour d'avance sur ce qui était prévu pour éviter la cohue des journalistes, François arrive chez le juge Tournaire qui a repris l'Affaire en main. Il en ressort sans avoir répondu à ses questions mais, comme prévu et annoncé partout, avec une mise en examen.

Le 20 mars, Penelope assiste au débat en vue du premier tour qui oppose les cinq grands candidats. Elle fait bonne figure. Son fils Antoine, beau costume, belle chemise à boutons de manchettes et belle montre – tel père, tel fils – a pris place à ses côtés, au troisième rang.

Le 21 mars, pour fêter le printemps, le parquet élargit l'enquête à des soupçons d'escroquerie car des documents comprenant différents calculs d'heures travaillées auraient été découverts dans le bureau de la secrétaire de François à l'Assemblée.

Le même jour, en fin d'après-midi, Penelope choisit tranquillement des oranges chez son marchand de légumes de la rue Clerc. En fait, depuis qu'elle a décidé de ne plus se terrer à son domicile, elle est agréablement surprise. Les journalistes sont peut-être horribles avec François mais, elle, ils la laissent à peu près tranquille. Même ce reporter de France 2, qui campe parfois au bout de la rue mais, paraît plus gêné qu'elle. Les dames du quartier sont encore plus inoffensives. Bien sûr, malgré ses lunettes de soleil, certaines la reconnaissent désormais. Rien à craindre. Elles ne sont pas du genre à lâcher leur Caddie pour poster une photo sur Instagram.

Mais le 23 mars, c'est reparti, à nouveau la télé, à nouveau le regard de millions de Français posés sur elle. François est l'invité, le seul cette fois de « L'Émission Politique », sur France 2, une émission dont il déteste le concept car elle est interminable et que pour faire le show, ses concepteurs y font intervenir des invités surprenants et des humoristes. On a prévenu Penelope, une caméra sera braquée sur elle en permanence et le réalisateur ne se privera pas de faire des plans de coupe sur son visage.

Accompagnée de Marie, son aînée, elle s'assoit au deuxième rang, malheureusement bien visible derrière le crâne chauve d'Éric. La fille est décontractée, pas la mère. La fille réagit de la même façon et en même temps que le public. Pas Penelope. Elle, elle est branchée en direct sur François. Elle ne le quitte pas des yeux, guette le moindre mouvement de sourcils, sourit quand il sourit, devient sombre quand il évoque le suicide de Pierre Bérégovoy, hoche la tête d'indignation quand il s'insurge contre la tirade de Christine Angot, l'invitée surprise, approuve quand il lance à la romancière : « De quel droit vous estimez que l'emploi de mon épouse était illégal et indécent ? », serre les dents quand l'écrivaine rétorque : « Je vous dis ce que je ressens, on est des millions à ressentir ça ! » ou quand elle évoque son contrat à *La Revue des deux mondes* (« C'était tout un symbole cette revue, dédiée à la littérature, l'idée qu'il y a des choses qui ne s'achètent pas, des choses qui comptent plus que l'argent »).

« Je t'aime, je t'aimais, je t'aimerais »

Le reste du temps, Penelope est, comme François, absolument impassible. Parfois, elle pose la main sur la bouche comme si elle avait quelque chose à dire mais qu'elle voulait s'empêcher de parler.

24.

L'histoire de sa vie

Ce matin, Penelope a rendez-vous avec un homme. Elle ne l'a vu qu'en photo, il a l'air sympathique avec sa moustache qui lui donne un faux air de Jean Rochefort dans *Un éléphant ça trompe énormément*. Elle a essayé de décaler l'heure et le jour pour que leur rencontre soit plus discrète mais il lui a signifié qu'il n'y était pas favorable. Elle a mis son chemisier noir à fleurs rouges, celui qu'elle portait porte de la Villette quand François a posé sa main sur la sienne. Et ses petites lunettes rondes, à la Harry Potter. L'homme se prénomme Serge mais personne ne se permettrait de l'appeler ainsi. Le juge Tournaire ne prise guère les familiarités. Les avocats en tout cas ne s'y risquent pas.

De lui, on ne connaît presque rien, même pas son âge, à peine la cinquantaine, devine-t-on. On dit seulement que c'est le meilleur juge d'instruction de sa génération, qu'il est intelligent, droit, libre mais parfois aussi hermétique, inflexible, autoritaire.

La veille, Penelope est allée s'entraîner chez Maître Cornut-Gentille. Un homme d'une exquise courtoisie, habitué à gérer des clients autrement plus excités qu'elle, le photographe François-Marie Banier par exemple. Calmement, l'avocat lui a expliqué comment les choses allaient se passer. Il ne veut pas l'affoler mais elle doit savoir que l'audition chez les policiers était un parcours de santé comparé à ce qui l'attend. Le juge va la cuisiner. Cela ne fait pas un pli. Surtout, si elle ne sait pas répondre à certaines questions, qu'elle n'hésite pas à dire qu'elle a besoin de vérifier. Attention, ne pas abuser non plus de ce subterfuge, le magistrat pourrait s'en agacer. L'avocat l'a mise en garde aussi contre le syndrome de Stockholm, cette tendance qu'ont les victimes au bout d'un certain temps à vouloir faire plaire à leur bourreau, à lui dire ce qu'il veut entendre. Plus l'audition se prolongera, sans doute plusieurs heures, plus elle devra être prudente.

Le bureau du juge est au troisième étage du Tribunal de grande instance rue des Italiens, à deux pas de l'Opéra. Un bureau meublé tout en blanc, très joli, avec de grandes baies vitrées qui donnent sur une cour. Assez grand mais à six, on est quand même assez serrés. Outre le juge, Penelope et son avocat, il y a la greffière installée sur un retour de bureau à gauche de son patron et légèrement en retrait derrière lui, telles deux élèves de troisième en stage d'observation, les deux autres juges désignées pour instruire l'Affaire, deux femmes, les juges Baresi et Tacheau.

Après les salutations d'usage, le juge informe Penelope Clarke épouse Fillon que, s'agissant d'un interrogatoire de première comparution, le code de procédure lui permet de choisir entre trois possibilités. Se taire, faire une déclaration spontanée puis se taire ou accepter de répondre à ses questions. La première option demande une forme de talent plus courante chez les bandits corses que chez une bourgeoise du VIIe arrondissement puisqu'elle suppose de répondre « je ne sais pas » des centaines de fois y compris quand on vous demande votre nom. La deuxième option est celle qu'a utilisée François, dans le même cabinet d'instruction, deux semaines plus tôt, mais lui avait une bonne excuse. Il est candidat à la présidence de la République, battant la campagne nuit et jour. De ce fait, plaide-t-il, il n'a pas eu assez de temps à consacrer à sa défense sur des faits qui pour certains remontent à plus de vingt ans, donc désolé, monsieur le juge, mais si vous voulez qu'on parle, ce sera plus tard.

Penelope choisit donc la troisième solution : répondre aux questions. Sur son bureau, le juge a peu de papiers mais un ordinateur qu'il regarde souvent et sur lequel il tapote parfois. Apparemment quand il écrit, ses mots apparaissent sur l'écran de sa greffière. C'est ainsi qu'ils communiquent secrètement. Penelope ne peut pas en faire autant avec son avocat tandis que commence la valse des questions. Douze heures durant. Des dizaines, des centaines de questions si on compte celles qui sont répétées, reformulées, réitérées. Toutes reviennent à une seule : Madame, avez-vous réellement travaillé ?

Si elle savait…

Comme c'est étrange ! Telle une élève malchanceuse le jour de l'examen, elle est tombée sur le seul sujet qu'elle ne maîtrise pas.

Travailler ou ne pas travailler ? To be or not to be ? Devenir avocate ou se marier à un Français ? Gagner sa vie ou élever ses enfants à la campagne ?

L'histoire de sa vie

Être indépendante ou avoir un compte joint ? Se sentir nulle ou se faire mousser ? Acheter un manoir ou vivre simplement ? Faire mieux que sa mère ou moins bien que sa fille ?

C'est l'histoire de sa vie qu'il lui demande de raconter, le juge Tournaire.

Épilogue

Depuis le 24 avril 2017, Penelope et François ont plus de temps à passer ensemble qu'ils n'en ont jamais eu. Puisqu'ils aiment tant les séries américaines, il en est une qui les intéressera sûrement. Elle s'appelle *The Good Wife,* compte 156 épisodes répartis en sept saisons, a reçu de nombreuses récompenses et présente Julianna Margulies dans le rôle-titre de *la bonne épouse.*

Le pitch : Alicia Florrick, mère au foyer depuis plus de dix ans, est obligée de reprendre son travail d'avocate parce que son mari, Peter, qui est procureur, est mis en prison pour suspicion de corruption et mensonge sous serment.

Finalement, il est innocenté mais ne parvient pas à regagner la confiance d'Alicia qui décide de vivre séparée mais continue à coucher avec lui à l'occasion. Quand Peter annonce sa candidature pour le poste de gouverneur de l'Illinois, Alicia le soutient par devoir.

L'épisode final a été diffusé en France une semaine avant l'élimination de François Fillon de l'élection présidentielle. Il a provoqué une intense déception chez les fans de la série. Je laisse Marc Pedeau, journaliste du site slate.fr, expliquer pourquoi : « Pendant sept ans, le spectateur n'attend qu'une chose, que cette brillante avocate remise son tablier et se remette au boulot, qu'elle ne soit plus seulement « femme de » mais brille enfin sous les feux des projecteurs des cours de justice et donne une bonne leçon à tous ces machos, wasp, quadras, de bonne famille. Comme son mari. Mais en défendant ce dernier presque jusqu'au bout, Alicia échoue dans son émancipation. Elle ne parvient pas à enlever son mari du centre de sa vie. Il est sa cause noble. Dans cet épisode final, l'amant d'Alicia explicite enfin ce que possiblement beaucoup pensent déjà : « Ton mari a besoin de toi. Je pense que parfois tu as besoin de sentir que l'on a besoin de toi, ça t'empêche de vaciller. »

Pour le moment, je crains de ne pas avoir tellement mieux à vous proposer comme final de la série « Penelope et François ».

Épilogue

J'en suis bien désolée, croyez-moi. À plusieurs moments, au cours de ce récit, j'ai eu envie de crier à ma cadette de deux jours, « Vas-y, Penny, saisis ta chance, fais ce que tu aimes, toi ! Ne te mets pas exclusivement à son service, même rémunéré ! Montre-lui et aussi aux enfants et à tout le monde que tu vaux mieux que ces « tâches simples » qu'il te réserve ! Dis-lui que tu n'es pas destinée à laver les poêles. Ni à le soutenir toujours et tout le temps, si c'est à sens unique. »

Peut-être que Penelope est très heureuse comme cela, me direz-vous. Oui, peut-être. Dans ce cas, de quoi je me mêle à vouloir régenter la vie des autres ?

En réalité, c'est moins l'avenir de Penelope qui m'importe que celui des femmes de ce pays. Une possible First lady, elle a vraiment failli l'être, c'est une sorte de représentante des Françaises, de leur talent et de leurs envies, non ?

Si je mets autant d'acharnement à vouloir l'émancipation de mon héroïne, c'est que je ne suis pas tout à fait contente de moi. Ni de nous, les filles du baby boom. Certes, nous avons des circonstances atténuantes. Nous aurions pu être mieux aidées par des lois (votées en majorité par des hommes), nous aurions aimé des circonstances économiques plus favorables. Mais nous avons notre part de responsabilité, nous aurions dû être plus audacieuses.

Au moment où je termine ce livre, je découvre dans *Le Figaro* un article qui présente l'équipe de direction de Vinci, groupe français qui, sur son site internet, se définit comme un « acteur mondial des métiers des concessions et de la construction, employant plus de 183 000 collaborateurs dans une centaine de pays ». À tout seigneur, tout honneur, la photo du PDG est en grand format. Puis, en plus petit, les portraits de la fameuse équipe. Tous cravatés. Douze hommes sur douze. 100 %. Sur 183 000 collaborateurs, sur six continents, Vinci n'a pas trouvé une femme, une seule, digne de figurer dans cet aréopage.

En 2017, vous le croyez ? Deux siècles après que la suffragette galloise Lady Rhondda ait cru l'affaire de l'égalité quasiment réglée parce que, pendant la Première Guerre mondiale, les femmes avaient montré de quoi elles étaient capables.

C'est pour cela que, toutes considérations politiques mises à part, la victoire à la Présidentielle d'Emmanuel Macron qui ose dire tout ce qu'il doit à son épouse est un symbole.

« Derrière chaque grand homme se cache une grande femme », dit un dicton qui nous vient d'Amérique et que les féministes avaient adopté comme slogan dans les années 60, avant de se rendre compte qu'il y avait mieux à espérer pour une femme que d'être derrière son homme, fût-il brillant.

Un tube[1] chanté en 1985 par Eurythmics et Aretha Franklin marque cette évolution :

Il fut un temps où l'on avait l'habitude de dire
Que derrière chaque homme formidable
Il devait y avoir une femme formidable
Mais en ces temps de changement, vous savez
Ce n'est plus vrai
Nous avons des doctoresses, des avocates, des politiciennes aussi
Jetez un coup d'œil autour de vous
Pouvez-vous voir ? Il y a une femme juste à côté de vous.

J'adorerais que très bientôt cette chanson soit tellement datée que ma fille et mon fils n'en comprennent pas la signification.

Et là, nous pourrons envisager la saison 2 de notre série *Penelope et François.* La bande annonce

1. *Sisters are doin'it for themselves.* Compositeurs/Auteurs Ann Lennox, David Allan Stewart. Copyright D N A Ltd, Universal Music.

dira : « Dès que la justice le lui permet, Penelope Fillon retourne au pays de Galles où elle termine ses études d'avocate et se lance dans une carrière brillante épaulée par son mari, un ancien homme politique français. »

Merci à…

Bernard qui m'a toujours laissée vivre ma vie,

Max et Maud, pour tout ce qu'il et elle me donnent,

Ginette et Edgar, mes parents si ambitieux pour moi, et Fabienne, François, Karine, Olivier et les kids, ma précieuse famille,

Bertrand, mon expert ès rugby et meilleur ami de trente ans,

Christopher qui m'a mise sur une belle piste anglaise,

Pascale H et Pascale N, Alain et Éric pour leurs encouragements de la première heure et tous mes amis de France, de Belgique et de Malte qui ont cru à ce livre,

Marie-France, pour son travail sur le texte et ses précieux conseils. Grâce à elle, j'ai compris que lorsqu'un auteur remercie son éditeur ou éditrice, ce n'est certainement pas que par politesse

Et ma chère Isabelle, qui, de là où elle est, continue à m'inspirer et à veiller sur moi.

CET OUVRAGE A ÉTÉ COMPOSÉ PAR PCA
ET ACHEVÉ D'IMPRIMER SUR ROTO-PAGE
PAR L'IMPRIMERIE FLOCH À MAYENNE
POUR LE COMPTE DES ÉDITIONS J.-C. LATTÈS
17, RUE JACOB, 75006 PARIS
EN JUIN 2017

JC Lattès s'engage pour l'environnement en réduisant l'empreinte carbone de ses livres. Celle de cet exemplaire est de :
770 g éq. CO_2
Rendez-vous sur www.jclattes-durable.fr

PAPIER À BASE DE FIBRES CERTIFIÉES

N° d'édition : 01 – N° d'impression : 91249
Dépôt légal : juin 2017
Imprimé en France